— 다 쓸 수 없는 시를 —
— 그대에게 쓰는 시간 —

KB193231

다 쓸 수 없는 시를
그대에게 쓰는 시간

초판인쇄	2025년 3월 17일
초판발행	2025년 3월 20일

지은이	김주수
발행인	조현수
펴낸곳	도서출판 프로방스
기획	조영재
마케팅	최문섭
편집	문영윤

본사	경기도 파주시 광인사길 68, 201-4호(문발동)
물류센터	경기도 파주시 산남동 693-1
전화	031-942-5366
팩스	031-942-5368
이메일	provence70@naver.com
등록번호	제2016-000126호
등록	2016년 06월 23일

정가 14,000원

ISBN 979-11-6480-386-6 (03810)

― 다 쓸 수 없는 시를 ―
― 그대에게 쓰는 시간 ―

김주수 시집

프로방스

자서 (自序)

1

나는 내 안에서 시를 캐내는 광부다.

내 안에는 얼마만큼의 시가 들어 있을까.

그 중에서 가장 좋을 것은 어떤 것일까.

그리고 무엇보다 그것을 얼마만큼 캐낼 수 있을까.

시는 삶의 진선미를 찾아 마음의 진선미에 버무려

언어의 진선미로 표현하는 것이리라.

그러니 나는 아름다운 천명에 최선을 다하고자 할 뿐!

2

시인은 순수함의 최후의 보루다.

시인이 순수하지 않다면 누가 순수하겠는가.

시인은 깨어있는 시대의 척후병이다.

시인이 깨어있지 있지 않다면 누가 깨어있겠는가.

순수함은 세상을 정화시키는 첫걸음이니

시인에게 진실함과 깨어있음이 없다면 무엇으로 시의
가치를 이야기하겠는가.

그러므로 시인은 시의 이상향으로 가는 구도자와 다를
바 없을 것이다.

이것이 높고 아름다운 천명이 아니고 무엇이겠는가.

차례

1부

인생론

타인을 위해 적어도 1000번 이상

울어보지 않은 자(者)하고는

인생을 논하지 말라

물이 고여 있지 않은 우물에는

비칠 것도 던질 두레박도 없으니

탁본

별자리처럼 어둠을 켜야 보이는 것들이 있다

생에도 어둠이 내려야
비로소 읽히는 하얀 지문 같은 문장들이 있다

자존(自尊)

태풍이 불어도 반딧불이의 불은 꺼지지 않는다고 했
던가

내 안에 있는 불은 내가 끄지 않는 한
그 무엇에도 꺼지지 않는 법
세상 어디서든 스스로 내 안을 밝힐 수만 있다면
그것은 언제나 나를
내 자신에게로 이르게 하리라

시 쓰기를 위한 필사(筆寫)

자신의 온 생애로 쇠똥을 굴려가는 쇠똥구리처럼

세상 모든 꽃에서 얻은 꿀을 영혼에 저장하는 꿀벌처럼

이슬 떨어질 때 바람의 눈빛을 조금 더 끌어오는 풀잎
처럼

번데기의 시간을 거쳐 애벌레의 삶에 날개를 더하는 나
비처럼

전언(傳言)

시가 내 영혼의 피로 쓰는 것이라면

시집은 나의 심장 하나를 바깥에 새로 만드는 것이리라

내가 죽고 나서도 멈추지 않을 심장 하나를 누군가에게
전하는 것이리라

시작(詩作)에 부쳐

볍씨 하나를 심으면 쑥쑥 자라나

무려 150개 정도의 쌀알이 맺힌다고 한다

내 안에 꿈틀거리는 시심이여

지구별 사계를 찬찬히 돌리는 저 아슬한 해와 별을 따라

영혼의 논밭 같은 생의 테두리 속에

어떤 마음의 물살과 햇살을 살뜰히 부으며 살아가든

저 볍씨 하나만도 못한 서글픈 시는 다시는 쓰지 말자!

파문이 머무는 자리

화살은 과녁의 정중앙을 향해 쏘는 것이듯

시는 삶의 한가운데를 향해 쏘는 것

그 한가운데는 진실이 있는 곳이니

그것은 생이라는 연못에 떨어진 겹겹의 동심원이리라

진실은 내 마음을 흔드는 모든 것 속에 있다

흔들림이 없는 것엔 어떤 떨림도 울림도 없을 것이므로

비상의 끝자리

시인들의 절창을 읽으며 생각한다

나는 갈 때까지 가 본 적이 있었던가

마음의 절정을 위해

백척간두에서 한 걸음 더 내디딘 적 있었던가

처음으로 창공을 만나는 어린 독수리처럼

절벽에서 과감히 뛰어내릴 때

그럴 때라야 내 안에서 어떤 날개가 돋아날 것인데

시 앞에서 쓰는 기도

"내 삶이 곧 나의 메시지다"
이렇게 말한 마하트마 간디처럼
내 삶이 곧 나의 시다,
내 말과 행동이 바로 나의 시구(詩句)다, 라고
당당히 말할 수 있는 시인이 몇이나 될까
꽃들은 꽃잎의 향기로 말하고
절벽은 절벽의 곧음으로 말하고
천둥은 천둥의 단호함으로 말하듯
그림자처럼 전일(專一)하게
나에게서 나에게로 오는
삶의 오롯한 밑바닥 진실 앞에서
무엇이 더 중요하고
무엇이 더 먼저인지를 잊지 말 것이니
시간의 호수에 얼굴 비춰보며
시 앞에 무릎 꿇고서 기도를 올린다

죽기 전까지 적어도 내 시 앞에서

아주 부끄럽지는 않게 살아갈 수 있기를

깨어진 광석처럼 빛나는 구석이 더러는 있기를

시를 쓰고자 하는 이에게

구두수선공이 구두를 수선할 수 있는 이유는
구두 수선하는 법을 배우고 익혔기 때문이다

의사가 수술을 할 수 있는 이유는
수술하는 법을 오래 배우고 익혔기 때문이다

바이올린 연주자가 바이올린 연주를 잘 할 수 있는 것은
바이올린 연주하는 법을 배우고 수없이 연습했기 때문
이다

시를 쓰는 것도 순전히 학습과 숙련의 결과일 뿐
시를 쓸 수 없는 사람은 세상에 없다
그저 학습과 숙련의 폭과 깊이가 좌우할 뿐
그 마음에 시로 가는 길이 없는 경우는 없다

울창한 숲과 같이, 그 숲이 만든 여러 오솔길과 같이

시인들이 쓴 좋은 시들이 그것을 찾아가게 하는 이정표
가 되어주리니

뜻이 있다면 어찌 모든 것으로 열려 있는 시의 길을 찾
지 못하겠는가

시를 잘 쓰고 못 쓰는 것보다 더 중요한 것은

매 순간 도른도른 시심으로 살아가는 일이다

모든 이의 가슴 속엔 마르지 않는 시의 우물이 있고

모든 이의 삶 속엔 광활한 시의 광산이 굽이치고 있으니

시 창작 강의실에서

시도 많고 시집도 많지만 시와 같은 사람이 많지 않은 건 무엇 때문일까요. 시를 읽고 쓰는 일이 마음의 깊은 숲으로 가는 길이 되지 못한다면 시라는 게 무슨 가치가 있을까요.

시간을 쏟아 쓴 수많은 시들을 돌아보며 나는 이걸 통해 뭘 얻었나, 그런 생각을 해봤어요. 가면처럼 온갖 가식을 덧씌우고 살아가는 세상 속에서, 시 안에서만이라도 영혼의 맨얼굴처럼 최대한 자유롭고 자연스러웠으면 해요. 이 두 리듬으로 세상을 걷게 하는 게 아니라면 화초처럼 시정(詩情)을 가슴에 키우는 게 무슨 가치가 있을까요.

삶의 거울이 되지 않는 것은 시가 아닌 것 같아요. 잘된 시라면 그것은 자신을 비추고, 그 힘으로 세상을 비추며, 과거와 현재를 비추면서 미래까지 비출 테니까요. 그 속엔 생의 모든 빛과 음영도 함께 따라오겠지요. 그럴 때 시심은 초점을 잃지 않는 동심원처럼 시간 밖으로 번져가겠지요.

그 속 깊은 거울 앞에 부끄럽지 않게 서서 자신을 잘 들여다보는 게 우리가 시를 읽고 쓰는 출발점인 것 같아요. 하여 시는 마음이라는 거울을 닦는 일로부터 그 첫 단어가 쓰이는 것 같아요. 그건 삶의 진실과 아름다움을 볼 수 있는 맑은 눈을 얻는 일이자 내면을 밝히는 횃불을 얻는 일이겠지요.

하루가 걷히고 어둠이 내리면 호수와 별들이 고요히 대화를 나누듯, 내가 쓴 시가 자신에겐 물론이고 타인에게도 좋은 쪽거울 하나쯤 된다면 좋겠지요. 너와 나의 숨결을 이어주며, 영혼을 비추는 수정 같은 값없는 거울은 시가 아니면 결코 쉽게 얻을 수 없을 테니까요. 언어에 담긴 내 심장 한 조각이 시공을 건너 누군가의 심장으로 스미는 순간들이 그 속에 오래 깃들 테니까요.

목련이 질 때

목련이 하나, 둘 떨어지는 봄날

가는 봄날에 비켜서서

떨어져 내린 그 시를 읽어보며

봄빛 그늘에 취해본다

지나간 청춘처럼 지나간 모든 순간들이

영원한 작별이자

이름 없는 절명이었으리라

봄날의 가지에서

온 마음으로 밀어올렸던 순백의 향기!

내가 생에 매달려 쓰는 시들도

저 묵묵한 순결한 생이

시간 아래로 꿈처럼 떨군

하얗고 몽글몽글 시편들을

가만가만 따라갔으면 좋겠다

얼마만큼 들어있을까

시계 속에는 얼마만큼의 시간이 들어있을까

씨앗 속에는 얼마만큼의 그늘이 들어있을까

바다 속에는 얼마만큼의 소금이 들어있을까

바람 속에는 얼마만큼의 노래가 들어있을까

벼락 속에는 얼마만큼의 과거가 들어있을까

가등 속에는 얼마만큼의 고독이 들어있을까

공원 벤치엔 얼마만큼의 추억이 들어있을까

심장 속에는 얼마만큼의 사랑이 들어있을까

구름 속에는 얼마만큼의 초연함이 들어있을까

밤하늘 속에는 얼마만큼의 유성우가 들어있을까

인생 속에는 얼마만큼의 인연과 전생이 들어있을까

죽음 속에는 얼마만큼의 평안과 망각이 들어있을까

꽃의 시간

흐드러지게 피어날 때는 꽃불이라고 하고
떨어져 흩날릴 때는 꽃비라고 한다
저 불과 비에도 저마다 향기와 운치가 있어서
때론 불이 된 꽃을 살짝 만져보기도 하고
때론 비가 된 꽃에 은은히 젖어보기도 한다

메밀꽃밭

메밀꽃 그득 피어난 곳에서 사랑을 나누다

메밀꽃같이 흐드러진 별밭을 우러러 본다

하얗고 고요한 함성이 분(粉)처럼 내릴 것만 같다

저 수많은 별들도 밤하늘에 피어난 꽃들이라면

그 뿌리는 아른아른 우주 속 어디로 뻗어있을까

구름과 바람이 말갛게 얼굴을 닦아주는 별들이

쏟아져 내릴 듯 맑은 눈빛으로 지상의 메밀꽃들을 흔들

어본다

수직의 현

지상에 닿는 빗소리는 언제나

장엄한 합주의 파노라마다

풀잎을 적시든 대지를 적시든 연못에 고이든

잠시의 연주를 위해서도

화살과 같이 오직 일기일회(一期一會)뿐인

빗방울 현이 수만 가닥 이상 긴밀히 튕겨져야 했다

바람의 지문이 조금씩 묻어있는 그 투명한 현은

촉촉할수록 시간의 비늘처럼 맑고 싱싱한 소리가 난다

그 속에 든 소리의 그늘에 세상의 모든 어깨가 젖어든다

비 오는 산과 산 사이에 놓인 시간

비 오는 산에서 건너편 비 오는 산을

거울처럼 바라본다

푸른 산이 웅대하고 장엄한 침묵을

넓고 깊게 머금고 있는 게 보인다

하얀 이내의 부드러운 살결들이

침묵을 부드럽게 사방으로 흩어놓는다

언제나 갓 깨어나는 신생의 것이자

수만 살의 시간을 머금고 있는

그 무엇에도 흔들리거나 깨어지지 않을 것 같은

저 장대한 무언(無言) 속에

산이 산일 수밖에 없는 이유와

산의 산다운 기품과 산의 역사와 산의 비전이 함께 있다

비 오는 산에서 건너 산을 바라보며 호젓이 걸어본다

한 걸음 한 걸음 비에 젖는

고요하고 싱그러운 묵언록(默言錄) 속으로

향기에 닿는 시간

백양산 선암사 뜰에 있는

화사한 매화나무에서

고운 향기를 맡으니 머리까지 맑아진다

나는 이 꽃가지 앞까지 오는데

사십 육년이 걸렸는데

이 향기는 지금 내 앞으로 오는데

몇 년이나 걸렸을까

뿌리로부터 시작된 그 고요한 시간이

처음 꿈틀거린 건 언제쯤이었을까

가지 끝 은은한 향기 한 조각에도

이 나무의 모든 역사가 들어있을 터

저마다 지상의 생이 시작된 곳도

출발한 시점도 다 달랐지만

어느 한 순간 겹쳐져 고이 닿은

눈빛 같고 꽃잎 같은 인연에

경건한 마음으로 고개 숙이고

바람처럼 한들한들 산을 내려왔다

장마

사과나무의 사과도 처마의 고드름도 아래로 자라고
산골짜기 폭포수도 우렁찬 소리를 내며 아래로 떨어
진다
심지어 중력의 끝은 지상을 넘어 구름까지 닿아있다
그래서 구름그늘도 늘 지상에 사뿐히 내려와 있는 것
이다

머나 먼 구름까지 높이 닿아 있는 중력의 손끝에서
무수한 빗줄기가 물빛 화살처럼 쉼 없이 쏟아진다
만유인력 속으로 빗소리가 활기차게 부화하며 퍼져간다
모든 생명의 그림자와 인간의 발자국을 붙잡아주는
자전하는 지구가 빗물에 마음을 한껏 적시는 시기가
있다

배냇골에서

계곡의 물비늘을 씻어주는

눈부신 겨울 햇살을 보면서

부석거리는 심사를 그 물결에 잠시 뉘여본다

놓아야 할 것과 놓지 못하는 것 사이에

냇물도 시간도 쉼 없이 흘러가는데

햇살이 튜닝하는 손가락처럼

밤새 얼어있던 음계를 녹이며 맑은 말씀을 전해준다

순간순간 반짝이는 저 소리에 젖어

물가의 돌멩이들처럼 모든 상념을 재워두고 싶다

어떤 표정들

꽃에게 가지 끝으로 물을 펌프질 해주는 뿌리는 어떤 표정일까

별빛 내린 칠흑의 밤바다 속에서 잠을 자는 소금은 어떤 표정일까

잔잔한 호수에 잔물결을 지으며 지문을 찍어보는 바람은 어떤 표정일까

구름 속에 있다가 지상으로 떨어지려고 준비하는 빗방울들은 또 어떤 표정일까

자기 위에 숱한 나뭇잎을 얹고서 고요히 섞어가는 순명의 나뭇잎들은 또 어떤 표정일까

어떤 세계

하얀 고무신 한 켤레 안에 담긴 가지런한 물에
송사리 두 마리와 참붕어 한 마리와
봄날의 부드러운 햇살과 바람과 구름과
나풀거리는 신생의 풀내음과
아이들의 웃음과 눈빛과 손결과

하얀 날개

바닷가 바람 속에는 소금의 알갱이가 들어 있다

바다 속에 있던 소금은

바람을 타고 나르는 법을 어떻게 배웠을까

끝없이 일렁이는 파도가 소금의 활주로였을 텐데

바람을 타고 가는 소금의 최대 비행 거리는 얼마쯤 될까

바람은 소금을 만나 소금의 바람이 되었고

소금은 바람을 만나 바람의 소금이 되었으니

바람의 길과 착륙지에는 몽상의 날개처럼

바다의 하얀 정념이 조금씩 묻어 있을 것이다

가마솥6층탑

강원도 인제 오일장엘 갔더니
무쇠 가마솥 여섯 개를
작은 크기대로 쌓아놓았네
다섯 개의 솥뚜껑은 뒤집어
기단처럼 받침대로 삼고
가장 위에 있는 솥뚜껑만 하늘로 해서
손잡이가 상륜부가 되어
완연한 탑신을 이루었네
동서남북 어디서 바라보나
그 어떤 모서리 하나 없이
동그란 곡선으로 이루어진 무쇠의 탑
밥그릇으로 채워온 인간의 역사를 닮았으니
사리보다 인간의 밥을 익히고 싶은
그 어떤 탑보다 삶의 일상과 애환에 가까운 탑
숭늉이나 누룽지가 가장 어울릴 것 같은

왠지 모든 이의 끼니를 위해 기도할 것만 같은

독존(獨尊)

산중에 운무가 가득해지자 산꼭대기만 남아

산들이 구름파도에 초연히 떠 있는 섬이 되었네

바람도 끊어지고 새도 찾지 않는 절정의 자존이 되었네

빨랫줄

살아있는 동안 생애 처음부터 마지막까지

내 일상의 음영이 가장 많이 걸려 있는 밑줄이 아니던가

그 어느 것 하나 잃어버리지 않기 위해 집게로 구두점

까지 꼭꼭 찍어가며 읽는

외계(外界)

-통영 미륵도에서 윈드써핑을 바라보다

푸른 바다가 좋아 그 물결 위에 날개 접고 앉아

바람 따라 유유히 떠다니는 색색의 나비들

간혹 어떤 나비는 잠시 기울어져 날개가 파도에 함뿍

젖기도 한다

낮달1

파아란 하늘과 흰 구름 몇 개 그려놓고

그 곁에 살짝 몽상 같은 낙관 하나 찍어둔다

낮달2

저 달을 우표 같다고 말한 시인이 있었다

저 우표를 붙여서

다음 생에까지 너에게 전하고 싶은 말들이 있었다

가을밤

창밖에는 하염없이 비가 내려

바람의 눈썹이 서늘해지는데

내 안에 고요의 볼륨을 더 높이고

가만히 눈을 감는다

시간의 가장 깊은 곳

맑은 샛강의 저류(底流)처럼 흘러흘러

세상의 담장 너머로

멀리 가는 마음을 지긋이 바라다본다

연잎

물의 솜으로 그득 채워진 저것은

바람의 물침대일까

잠자리의 물침대일까

멀리서 찾아온

햇살과 구름의 물침대일까

은은한 연꽃 그늘과

그 곁의 향긋한 고요도

편히 누었다 가고, 가끔씩

빗방울들이 동그라미 낙법을 펼치기도 하고

물고기들이 꿈의 술렁임도 만들어 주는……

미소의 시간

꼭 앉아있는 꼬마아이만한
아기 돌부처를 본다, 오래 전
저에게 천진한 미소의 시간을 새겼을
사람과 그의 마음을 떠올려 본다
너무 먼 세월을 건너와서일까,
다소 거칠어진 피부 탓에 조금 새기는 했으나
저 돌 속에 든 미소가 다 흘러나오려면
적어도 천년에 다시 천년은 더 가야할 것이다

에밀레종

저 속에는 얼마만큼의 소리가 들어 있을까

그 소리의 울림은 언제쯤 어디까지 가서 녹이 쓸까

더 강하게 쳐야만 더 크게 울리는 소리

안으로 더 크게 울어야만 더 멀리 가는 소리

당목이 닿을 때마다 연꽃 물결처럼 일렁이는 소리

오랜 기다림 속에 자기 속을 다 비웠기에

안팎의 공기가 합쳐져 내는 그 소리는 둥글게 빚어져

어디서도 쓰러지지 않고

염원의 시간 너머까지 잘 굴러가리라

겹겹의 시계(視界)

눈에 차고 넘칠 만큼 넓게 펼쳐진

억새밭 뒤로

어깨 겯고 나란히 서서 이야기 나누는

언덕의 나무들이 있고

그 뒤로 나무들을 가슴으로 포근히 껴안고 있는

낮은 산들이 있고

그 산들 뒤로 조금 더 치솟은 드넓게 펼쳐진 어깨동무 같은

높은 산들이 있고

다시 그 위로 하늘이

이 모든 것을 감싸며 무채색 여백으로 은근히 드리워져 있는데

더없이 자유로운 날갯짓으로

점묘(點描) 같은 새 몇 마리가

고즈넉한 가을의 여백에 방점을 찍어주며 날아간다

각의 시간

-자성대에서

오랫동안 허리 굽히지 않은 꼿꼿한 척추가 있다

모서리를 따라 굳세게 차곡차곡 놓였으니

그 돌을 쌓아올린 마음들이 세월을 잘 받치고 있어서

눈비 맞은 수많은 날들 위에 미래가 단단히 잘 포개져

있다

겨울비

시린 허공을 뚫고 쏟아져 내린

쪽수 없는 비애의 자서전

거침없는 종서(縱書)로

시간의 행간을 건너와

투명한 넝쿨처럼 뻗어 온 바닥을 적신다

대설주의보

어떤 이가 눈으로 눈사람을 만든 게 아니라

비스듬히 누워서 웃고 있는 하얀 물범을 만들어 놓았네

살을 에는 송곳 한파에도

그 표정과 자태가 조금도 흔들리지 않으니

한두 달도 채 다 못 살고 가는 귀한 물범이라서

지나는 사람들마다 눈물범에게 미소 한 줌 얹어주고
간다

지상에서의 빛나는 한철을 보내고 나면

곧 그를 녹여 하늘로 데리고 갈 햇살과 바람이 찾아올
것이다

다 쓸 수 없어

내 언어로는 다 쓸 수 없어 이것만 쓰네

첫눈처럼 살랑거리는 치어들의 지느러미와

바람에 사운거리는 청보리밭의 낮과 밤과

얼어 있는 강 수면에 내린 눈발과

태풍 불 때도 기울거나 흔들리지 않는 수평선과

천년을 지켜온 수막새의 넉넉한 웃음과

봄비가 고였다 가고 함박눈도 누웠다 가는 발자국 화
석을

내 언어로는 다 쓸 수 없어 이것만 쓰네

빙하기를 뚫고 발아한 씨앗들과

유리창에 스민 겨울햇살의 온기에 대해

계절의 안테나 같은 벌레들의 더듬이와

밥 짓느라 저녁연기 피워 올리는 굴뚝에 대해

볕살 아래 쉬고 있는 흙 묻은 꽃삽과

푸르렀던 날들을 회억하는 키 낮은 수수밭과

서쪽 하늘에 별들이 올 때 대숲을 흔들고 가는 바람에
대해

다는 쓸 수 없어 이것만 쓰네

젖니 같고 숨결 같고 속눈썹 같고 발가락 같은 모국어로

홑이불 걷는 소리처럼 이것만 살짝 쓰네

풍경이 울릴 때

처마 밑이 아니라 출입문에 매달아 놓는
작은 풍경은 바람이 소리를 내는 게 아니라
문이 열리거나 닫힐 때마다 그 흔들림으로
땡그렁 땡그렁 땡그렁…… 소리가 날 뿐이다
하늘빛 맑고 바람 없는 어느 날에도 그러했고
깊은 밤 별이 빛나거나 비가 올 때도 그러했다
그대가 내 마음의 문을 열고 들어올 때마다
언제나 내 안에서도 그런 소리가 맑게 울렸다

내재된 속도를 깨우며

'스페어도 없는데 그녀 앞에서 갑자기 날뛰던 심장'

어떤 시인의 이 구절을 읽고

갑자기 심장이 작은 어항처럼 출렁거렸다

심장은 그럴 때 쓰라고 있는 건데

오래된 쉼표처럼

왜 내 심장은 연잎 같이 수면에 떠있기만 하는 것이냐

스페어 하나 없을지라도

그 결과가 어찌 될지라도

과감히 질주하는 것이 아름다운 사랑의 속도일 것인

데……

실연 후기

보고 싶다고 쓰고
보고 싶으면 안 된다고 쓴다

보고 싶다고 쓰고
그만 잊으라고 쓴다

보고 싶다고 쓰고
부질없는 미련이라고 쓴다

보고 싶다고 쓰고
내 마음이 왜 이런지
모르겠다고 쓴다

보고 싶다고 쓰고
보고 싶다고 쓰고

가슴에 쓰인 말들을

애써 다 지워본다

마음이 문드러질 때까지

또 쓰고 또다시 지워본다

바람에 다 삭아 없어질 때까지

너에게 쓰는 엽서

사랑은 첫눈이거나
함박눈

사랑은 호수이거나
그 물결 위의 바람

사랑은 나를 깨우는 벼락이거나
그 속에서 깨어난 나비

사랑은 빗물이자
그 빗물에 촉촉이 젖은 정원

사랑은 아침 새와
저녁 둥지

사랑은 끝없는 파도이자

그 방파제

사랑은 나날이 깨어나는

천의 눈과 천의 귀

사랑은 마르지 않는

내 안의 노래

내 밖의 찬란한 심장

서시를 쓰듯 그대에게 쓴다

사무쳤으나 전하지 못한 말 많았으니
나무 그늘 사이로 물소리 밟히는 숲길을 거닐 때
구름 그림자 앉았다 가는 너럭바위를 곁을 지날 때
싸리꽃에 바람이 눈을 맞추며 잦아질 때
햇볕을 잡아당기는 나뭇잎의 인력에 초록이 번져갈 때
꽃씨처럼 그대에게 부칠 말들을 생각한다

어긋나고 빗겨간 인연에 아쉬움 많았으니
지나간 날들이 낙타를 감춘 사막 언덕 같을 때
풍경소리 지나는 추녀 끝처럼 마음이 휠 때
한들한들 잠자는 풀꽃에 이슬 같은 꿈이 맺힐 때
생의 한 철이 마른 수숫대 위에 내린 싸락눈 같을 때
봄이 오는 발자국 소리를 듣는 작은 씨앗들처럼
풋순 같은 언어로 그대를 생각한다

아직도 바람에게 건네야 할 말이 많이 남아

천년 동안 길 바꾸지 않은 푸른 강물을 바라볼 때

저마다의 높낮이로 살아가는 산들 곁에 다가갈 때

놀을 이고 둥지로 날아가는 새 쪽으로 하루가 기울 때

쌀 씻는 소리처럼 영혼을 뽀얗게 씻고 싶을 때

비둘기의 언어로 아무도 모르는 시간의 행간에 시를
쓰듯

내 안에 있으면서 모든 것에 있는 그대에 대해 쓴다

깊어지는 밤

별빛이 되어 당신 속눈썹에
앉고 싶었어요
당신과 함께 모든 것을 보며
맑게 깜빡이고 싶었어요
어제가 된 수없는 날들처럼
오늘이 될 수많은 내일들처럼
바람이 불어올 때도 비나 눈이 내릴 때도
마음의 눈길을 살며시 포개고 싶었어요

내 생에게 바란다

편편한 염전에 소금이 오는 속도처럼

바람과 햇살을 따라 소곳이 익어가기를

순수함의 절정은 아이 적이 아니라

나이가 들면 들수록 어떤 결정(結晶)처럼

그 어디서도 섞지도 물러지지도 않을 만큼

더없이 정결해지는 단아한 자세를 얻는 일일 것이니

눈 오는 날 대나무 그림자

아무리 파도가 거세어도
바다의 달빛을 걷어가지 못 하듯
아무리 폭설이 가득해도
대나무 그림자를 덮지는 못 하듯
삶에 쓰디쓴 일이 아무리 많아도
곧은 마음의 줄기가 쓰러지지 않는 한
내가 지은 삶의 그림자는
어떤 진실 앞에 또렷이 무늬를 남기리라

작은 위안

고독보다 좋은 친구가 없다고
어떤 시인은 말했다
그렇다면 나는
좋은 친구와 늘 함께 있은 셈이리라
그러니
나의 망루처럼 우뚝한 고독이여
날마다 내 생의 그늘에 너의 노래를 들려주렴
네가 나의 붙박이 나무가 되어
천 개의 바람과 새소리와 햇살을 불러주렴
너를 통해
내가 나를 다 잊을 수 있을 때까지
홀로있음이 자적의 낭만으로 기울 때까지

퓨즈

전류가 과부하되면
나는 언제든
내 허리를 끊을 것이다
조금도 분수 밖의 욕망과
영화를 원치 않으므로
때때로 내면의 빛이 꺼지는 날이
적막처럼 있더라도
나를 잃을 만큼 마음의 센서가
무뎌지기를 원치 않으므로

고독에서 생을 배우는 법

긴긴 겨울을 다 견뎌내고

묵묵히 다시 자기 이상 속에서

봄을 밀어올리는 뿌리들은

어떤 표정을 하고 있을까

뿌리 쪽으로 응집된 물방울들은

또 어떤 자세를 머금고 있을까

시린 마음으로 얼음처럼 사무치는 날을 이겨낸

그들도, 정녕 다 끝날 때까지는 아직

어떤 것도 끝난 것이 아니라고 하는데

어떤 정자

봄에는 안개로 주렴을 치고

여름에는 빗발로 주렴을 친다

가을에는 낙엽으로 주렴을 치고

겨울에는 눈발로 주렴을 친다

숲속 정자에 앉아서 세월에 비친

내 마음을 가만히 읽어보는 시간

지나는 바람이 생각의 끝을 잡아당긴다

밥그릇 줄타기

평생 궁핍 속에 살다보니
밥줄처럼 잡아당기기 힘든 게 없고
밥줄만큼 내려놓기 힘든 것도 없네

나비를 낚기 위에
거미줄에서 떠날 수 없는 거미처럼
생의 모든 것이
내가 친 밥줄에 꼼짝 없이 묶여 있네

세상 수많은 밥그릇 키 재기 속에서
온밥이 되지 못하고 찬밥이 된 신세
밥그릇의 둘레가 유일한 아지트가 되었으니

온밥들의 반상(飯床)엔 끼지 못하고
언저리로 밀려나 그들을 부러워하며

비가 오나 눈이 오나 벼락이 치나

늘 아슬아슬 밥그릇 줄타기를 하고 있네

갓 지은 밥알과 밥알 사이와 같은

찰지고 끈끈한 온기를 그리워하면서

긴긴 세월 나비 한 마리 낚지 못하고

모든 줄에서 벗어나 멀리 날아갈 꿈만 꾸면서

나비

나비에 대한 시가 적힌 시집을 읽다가
양쪽으로 펼쳐진 시집의 책장이
마치 나비 날개 같다는 생각이 들었다
시집이 시인이 내게 보낸 영혼의 나비라면
책장에 꽂혀 있는 시집은
날개를 접고 있는 나비일 테니, 시집은
누군가 그의 내면을 읽어줄 때만 날개를 펴는 것이리라
아무도 제대로 읽어주지 않는 내 마음이 그렇게
가만히 홀로 날개가 접혀있었던 것처럼!

책과 책 사이에서

평생 책을 읽으며 살아 왔는데

왜 내 생에는 확실한 대책이 없는 것일까

무너지는 마음 앞에서 속수무책을 읽어야 했고

살다살다 뜻대로 안 되어

고육지책 속에 얼굴을 묻어야 했고

언제나 가장 좋은 해결책을 찾고 싶었지만

특별할 게 없는 미봉책과 자구책으로 나날이 연명해야

했네

어디서든 조금도 책을 잡히는 일 없이 살고 싶었건만

생의 고달픈 책무와 책임 앞에서 겨울 갈대처럼 흔들렸

었네

계책, 묘책, 방책, 비책, 획책, 상책, 하책, 시책, 실책,

자책……

나를 압살할 것 같은 수없이 많은 책과 책 사이에서 헤

매이며

나 자신을 질책하노니,

아 어떤 책을 어떻게 읽어야

삶의 책망을 지우고 나의 무능과 생의 남루를 면책할

수 있을까

책 목록 앞에 무릎 꿇고 쓰는 시

아직도 날마다 그를 만나고 싶은 것은 읽으면 읽을수록 내가 모르는 게 너무 많다는 걸 알게 해주는 둘도 없는 스승인 까닭이다.

읽고 싶어서 적어 놓은 책 제목이 수백 개가 넘어가는데 그 목록은 앞으로도 계속 더 쌓여갈 것이므로 결국 나는, 잠든 의식을 깨우는 쇄빙선처럼 숨이 차도록 달려도 죽을 때까지 저 책들을 반에 반에 반도 다 읽지 못할 것이다.

책의 광활한 바다를 건너고 싶었으나, 읽는 속도가 너무 느린 나는 읽고 싶은 책들 앞에서 자초한 어선처럼 좌절감으로 번번이 무릎을 꿇는다. 더 나아가지 못해 절뚝거리는 내 운명과 무능이 어쩜 내가 읽지 못한 그 책들 때문인 것 같아 어족의 눈알을 하고는 발을 동동 구르기도 했다.

끝없는 미지의 세계로 가는 뗏목 한 채를 계속 갈아타며 나를 싣고 거친 세월과 세상을 건너왔지만, 내가 읽지 못한 만큼 무지의 고랑은 끝내 생의 광활한 오지로 남을 것이니, 어떤 나는 내가 읽은 책들 속에도 있고 또 어떤 나는 내가 읽지 못한 책들 속에도 있을 것이다. 사람은 자신 너머의 것을 보지 못하는 법이니, 책은 내가 아주 작은 한 언덕임을 일깨워준다.

쇠똥구리가 자기보다 몇 배가 되는 쇠똥을 굴려가듯 과적의 지적 욕구불만을 끌어안은 채, 읽었던 책을 표시하기 위해 내 이상과 바람의 텃밭 같은 책 목록에서 줄을 긋는다. 굼벵이 보폭보다 더 느리게 내리는 그 줄에 간신히 매달려 있는 내 영혼의 그림자가 널어놓은 빨래들처럼 지나는 바람에 쉼 없이 일렁인다.

세상이라는 책 앞에서

1

신이 내게 읽으라고 내어준 두꺼운 책이다. 무수히 많은 페이지로 만들어져 있지만 모든 페이지의 앞장과 뒷장은 낮과 밤으로 이루어져 있다. 아침엔 이슬이 내리고 저녁엔 노을이 지는 책이다. 매일 새로운 페이지가 주어지지만, 해와 달을 켜고 시간의 보폭을 따라 읽어야 하는 책이라 뒤쪽 페이지를 예상할 수는 있어도 뒤쪽부터 읽을수는 없다.

2

이 책에는 진짜 바다와 진짜 하늘이 있고, 진짜 물고기와 진짜 새가 있다. 이 책엔 어느 페이지나 무진장(無盡藏)의 진짜배기밖에 없다. 내가 읽은 무수한 책들도 이 책의아주 작은 주석에 지나지 않을 터! 이 책에 없는 것은 아무것도 없으나, 나는 어린 게가 바다를 보듯 너무 심오하고 광대해서 죽을 때까지 그 내용을 다 읽지도 못할 것이며 읽은 부분도 다 이해하지는 못할 것이다. 그리고 나 또한 수많은 선영(先靈)들처럼 이 책을 읽다가 때가 되면 어느 페이지 한 줄에 고목 밑을 지나는 미풍처럼 소리 없이 살포시 묻힐 것이다.

3

독서를 하지 않고 사는 이는 있어도 이 책을 읽지 않고 사는 이는 없다. 왼쪽에 있는 사람은 왼쪽으로 눈으로, 오른 쪽에 있는 사람은 오른쪽 눈으로, 아래쪽에 있는 사람은 아래쪽의 눈으로, 위쪽에 있는 사람은 위쪽의 눈으로 읽을 것이다. 왼쪽에 있는 이도 더 왼쪽에 있는 이로부터 오른쪽에 있다고 말하여 질 것이고, 아래쪽에 있는 이도 더 아래쪽에 있는 이로부터 위쪽에 있다고 말하여 질 것이다. 세상이라는 책은 만인에게 공유되는 단 하나의 텍스트지만 언제 어디서든 끝없이 다른 낱장으로 세분화되어 전체 문맥을 잃은 채 저마다 다르게 해석되어질 것이다.

4

세상이라는 책의 종이는 흙으로 만들어져 있어서, 그 속에 사람들의 발자국이 문자처럼 찍혀있다. 그 모든 발자국은 역사의 내력이자 세월의 더께이니, 그 발자국 문자들은 신이 만든 문자와 함께 어울려 천지만상이라는 책의 내용을 날마다 새롭게 만든다. 하여 세상은 나를 다각도로 비춰볼 수 있는 여러 개의 거울 같은 책이자, 파노라마처럼 시시각각 변화되는 책이기에 매 순간 깨어서 그것에 리듬과 호흡을 잘 맞추며 읽어야 한다. 이 책 속엔 모든 이가 더없는 보석처럼 캐내어야 할 천명의 비의가 담겨져 있기 때문이다.

5

정연한 선으로 촘촘히 연결된 잎맥처럼 이 책엔 수없는 길이 담겨 있다. 누구나 이 책의 행간에서 자신의 길을 찾아야 한다. 나의 길을 알려주는 쪽대본 같은 지도들도 고뇌의 두루마리처럼 곳곳에 들어있어서, 천둥처럼 깨어있어야 하거니 조금이라도 잘못 읽으면 나의 좌표와 이정표를 제대로 찾을 수 없다. 나는 눈비 내리고 바람 부는 신의 상형문자들 위를 직접 걸어가며 잡히지 않는 그 모든 행간을 읽으려 애쓰며…, 허리를 구부려야만 조금씩 앞으로 가는 자벌레처럼 내 그림자 한 줌을 지상에 드리운다.

쌓음의 미학에 대하여

어떤 블로그가 자신이 읽은 책들을
빨주노초파남보 색깔 순서대로 쌓아서
표제 사진으로 올려놓았다
스물 두 개의 단층이 쌓은 색깔의 탑
이렇게 창의적이고 깜찍한 발상이라니
어쩜 그가 읽은 책의 내용들이 무지개처럼
그의 마음을 눈부시게 건너갔을 것 같다
책이란 결국 정신의 무지개 같은 것이거나
그것으로 생을 건너가게 하는 일일 터이니

(아, 내가 읽은 책들은 내 안에서 어떻게 쌓여있을까
책도 지식도 마음도 다 어떻게 쌓느냐가 관건일 것인
데…)

파격(破格)

땅에서부터 기울어져 자랐는데
허리마저 두 번이나 꺾인
멋진 소나무를 본다
저 휘어진 세월엔 무엇이 담겼을까
남다른 격과 운치가 있는
소나무를 보면서 깊이 생각한다
나도 생의 허리가 몇 번은 꺾이었으니
그것으로 더 빼어난
인생의 격과 운치를 만들어야 할 것이니

아득한 전망

절벽 끝에 높이 솟아오른 소나무가
내게 전한 말을 적어본다

'어떤 가파른 삶의 벼랑 끝에 놓여있든
절망을 계속 껴안고 있는 게 절망이요
희망을 끝까지 놓지 않는 게 희망이다'

가장 좋은 시야를 찾아 내면의 각도와 위치를 바꿔야
한다
궁지에 내몰린 사람들의 모든 심정이 그러했으리니

까치처럼 날아서

까치는 죽은 나무에는 집을 짓지 않는다고 한다

인생에서는 무엇이 까치이고 무엇이 죽은 나무일까

까치는 희망이고 죽은 나무는 삶에 대한 회의가 아닐
까, 혹은

까치는 교감이고 죽은 나무는 한쪽으로 기울거나 닫혀
있는 마음이 아닐까

내 생의 그림자에 꺾이지 않는 날개를 달아줄 수 있다면

아침 까치가 되어 날마다 푸르게 일어서는 높은 숲 곁
으로 날아가고 싶다

실존의 메아리

「첫째, 어느 분야든지 달인이 돼라. 둘째, 경쟁 상대를 국내에서 찾지 말고 세계에서 찾아라. 셋째, 사익보다는 공익에 힘써라.」

김태길 교수가 졸업하는 대학생들에게 들려줬다는 이 말씀이 마음에 들어 중학교 졸업하는 조카에게 문자로 보냈더니 끝내 답장이 없다.

내가 어느 분야에도 달인이 못 되어서 그럴까, 세계적 수준의 경쟁을 한 번도 못 해봐서 그럴까, 아님 공익보다 사익에 더 힘쓰며 살아서 그럴까, 그도 아니면 입시 때문에 오로지 성적밖에 관심이 없어서일까.

이유야 어찌 되었든 안팎으로 부끄럽지 않은 떳떳한 삶의 실증적 근거를 만들어 내 문자가 공허한 메아리가 되지 않도록 남은 생애에서라도 저 중 하나는 자신 있게 말할 수 있어야 할 터인데. 아, 셋 중에 어느 하나도 자신이 없으니 이를 어쩌면 좋을까!

천문대에서

별빛 가득히 쏟아지는 밤하늘을

내 마음에 판화지처럼 탁본해서

모든 슬픔과 비겁을

아득하고 광활한 어둠 뒤쪽으로 다 걷어내고서

밤마다 내 안의 하늘을

바람처럼 우르르고 싶다

어둠이 있어야 빛나는 것이 있으니

그 빛들이 시처럼 소롯이 자라나

시린 가슴 속을 다 채우기를

죽은 후에도 오직 그것만이 내 생의 비명(碑銘)이 되

기를

내 생에 선들을 생각하며

하늘과 땅이 만나면 지평선이 되고

하늘과 바다가 만나면 수평선이 되고

바다와 땅이 만나면 해안선이 되는데

하늘과 내 마음이 만나면 무슨 선이 될까

바다와 내 마음이 만나면 무슨 선이 될까

땅과 내 마음이 만나면 무슨 선이 될까

선과 선을 맞대고 일생을 살아가는 성곽의 벽돌들처럼

삶의 모든 것 또한 무수한 선들로 연결되어 있는데

사람들과 만나면서 나는 생의 지평에 어떤 선을 그었
을까

세상만사와 만나면서 내가 알게 모르게 그은 수많은
선들

그 모든 선들이 이어져 만든 내 생의 선은 무엇이 될까

마음의 경계선에서 모든 선들을 잇는 시선을 점검해
본다

생각이 너무 많을 때

내겐 생각의 뗏목이 너무 많은 거라고,
수많은 생각의 뗏목이 있으니
이 또한 값없는 소중한 재산이요
내가 뗏목 갑부라서 그런 거라고 위안한다
쓸쓸하고 바람 부는 날 많았으니
이는 홀로 돛을 올리기 좋은 때
천에 천의 파도가 바다의 시간을 이루듯
그 뗏목으로 숱한 미지의 세계 끝까지
가보고 싶은 곳이 너무 많아서 그런 거라고
별빛 바라보며 먼 먼 항해를 했던 사람들처럼
결심의 바늘이 움직이는 가슴속 나침반을 보며
그 수많은 뗏목을 데리고 기도를 올린다
생의 아득한 대양을 건너갈 때
부디 너무 한쪽으로 기울거나, 뒤집히지만 말라고……

나에게로 이르는 길

지상에 찍은 내 모든 발자국이

운명이라는 모래시계 속 모래알이었으니

세상에 있어 부정할 수 있는 것은

아무것도 없었다

부정의 부정까지도 나를 보여주는

삶의 사금파리 한 조각일 뿐

그보다 마음의 진실을 잘 보여주는

쪽거울은 없었다

사막에서 만나는 모든 길이

다 사막의 길이듯이

바다에서 만나는 모든 길이

다 바다의 길이듯이

내가 넘어진 곳이 내가 일어서야 할 곳이었고

내가 걸어간 모든 길이 내게로 이르는

영원의 기슭 같은

내 마음 안의 길이었다

굴절된 시각 앞에서

사진 속의 꽃과 실재 꽃이 같지 않듯
내가 보는 나와 실재 나 사이엔 어떤 차이가 있을까
카메라 속의 불과 실재 불이 같지 않듯
세상에 비춰진 나와 실재 나 사이엔 어떤 차이가 있을까

세상엔 나를 비추는 수많은 시선과 거울이 있지만
오해와 굴절에 갇혀 억울한 날 많았으니
어쩜 나도 수많은 날 나 자신을 오해하지는 않았을까

나도 나를 이해할 수 없는 날 많았으니
이 차이 앞에 나는 얼마나 여러 번 넘어졌던가
이 차이 앞에 나는 얼마나 굴절되고 또 헤매었던가

그 차이는 발아래 무수히 놓여있는 인생의 골짜기 같
은 것

누구나 이 골짜기를 끝없이 걸어가서 생을 만나야 한다

언제나 조금도 지울 수 없는 자신의 모든 빛과 그림자를 데리고서

그 어떤 차이에도 흔들리지 않는 진정한 자신을 만날 때까지

삶에 가까워지는 시간

'첫손꼽는다'는 말이 있듯

자기 가슴에 가장 깊이 들어온

사람이나 일들을 손꼽아 볼 때가 있다

내 마음에 담긴 사람 중에

하늘 아래 첫 번째 사람은 누구였을까

나는 누구에게 한번이라도 그런 사람이 되어보았을까

그 무엇을 하며 어디서 어떻게 살아가든

사람에게 가장 필요한 것 또한 결국 사람일 터인데

사람이 사람에게 등대처럼 구원이었던 적이 얼마나

될까

어디서든 비교의 저울로 기울어지는 고달픈 세상에서

사람이 사람에게 가장 소중했던 순간들은 얼마나 될까

나는 그런 꽃잎 같은 순간들을 얼마나 알뜰히 가져보았
을까

겨울밤 몽돌밭에서

수 세기의 파도를 넘어 아주 조금씩

바다에 몽돌이 왔던 것처럼

둥글고 단단해질 때까지 나는 기꺼이 깎이고 씻기리라

온몸이 눈인 맑은 별들처럼

내 눈이 내 모습을 보는 불빛이 되고

귀밖에 없는 빈 소라껍질처럼

내 귀가 내 소리를 듣는 고요가 되었으면!

파도를 따라 몽돌밭의 돌들이 다 함께 울리듯이

알게 모르게 외면했던

내 안의 모든 나를 꽃씨처럼 다 만나고 끌어안아

'나로부터 소외된 나'가 하나도 없을 때까지

닿지 못했던 이해와 용서 사이에서

내가 내 시린 마음을 봄이불처럼 다 덮어줄 때까지

만나지 못한 나

책장 넘기듯 17000일의 다른 날들을 살았는데도
아직 마음에 드는 나를 만나지 못하였으니
만나고 싶은 나는 언제쯤 만나게 될까
스물일곱 번이나 허물을 벗는다는 바닷가재처럼
어떤 껍질, 어떤 미몽을 벗어야 할까
숱하게 무릎이 깨어져 나날이 지쳐가는데
운명의 지침을 따라
그래도 죽기 전엔 한번은 만나게 될까
인생이란 만나지 못한 미지의 나를 만나는
끝없는 여정과 같을 것인데,
사과가 사과나무 아래로만 떨어지듯
나는 내 발자국들 사이에 있을 것인데
어디로 어떻게 발을 디뎌야 할까
군도(群島) 사이를 아득히 날아가는 새처럼
수많은 좌절과 닿지 못한 이상 사이에서

만나고 싶지 않았던 무수히 많은 나 사이에서

숨쉬기

물속으로 들어갔던 물방개가
수면 위로 올라
제 속에 숨을 가득 채우듯이

세상이란 물속에 잠겨 있는 나도 때로
하늘 수면에 닿아
우주의 숨을 마음껏 들이마시고 싶다

세상 너머엔 더 큰 세상이 있으므로
나는 나 아닌 것으로부터 왔으므로
나는 나 이상으로 확장되어야 하므로

넘어진 날들에게

팽이는 자기 안에 태풍이

불 때만 곧게 일어선다

그럴 때라야만 어디서든

생의 중심에 동그란 무지개가 뜬다

정점을 향해 집결해

숭고한 궤도처럼 쏟아지는

겹겹의 동심원들

나무의 나이테도 저와 같았을까

어쩌면 모든 생의 정중앙에는

저러한 태풍의 눈이 있을 것이다

회한을 접으며

1

나무에 옹이가 올 때처럼
네가 찾아올 때마다 조금씩 흔들렸지만
나는 그 흔들림으로
뿌리 쪽으로 조금 더 깊어지려 한다
바람이 흔들고 간 나뭇가지가
아홉 번 흔들리다가 제 그림자를 붙잡듯이

2

집착은 회한의 화수분이니
이제 그만 잊혀진 세기처럼
욕망과 미련의 불씨를 꺼트려야 하리
나를 계속 뒷걸음질하게 하는
술래의 시간들
그 눅눅한 그림자를 다 지워야 하리

바다로 가는 강은 과거를 잊고

그 미망의 뿌리를 다 자를 때 흐르는 법이니

어느 추석 전야

차례상 떡을 빚던 어머니께서 말씀하셨다
"내가 무슨 죄가 많아 너 같은 아들을 둬서
이렇게 마음이 괴로우냐!
다른 사람들은 공부 많이 안 해도
취직도 잘 하고, 결혼도 잘 하던데……"

실직에 사업까지 망한 47세 박사백수 아들은
울컥하는 마음을 뒤로 하고 이렇게 답했다
"다시 태어나면 그땐 제 딸로 태어나세요
이번 생에 못 해드린 거 그때 다 해드릴께요"
풀리지 않는 서글픔을 다음 생까지 미루는 말을 듣고서
어머니는 잠시 미소를 지으시고는 아무 말이 없었다
내생에선 어머니도 아들도 이 일을 전혀 기억도 못할
것이다

마흔의 자화상

1

바르게 살려고 했는데 바르게 살지는 못하고 바르게 살
아야 한다는 강박으로 살았다. 그것이 속상하고 부끄러워
고슴도치처럼 웅크리고 여러 날을 우울하게 보냈다. 예전
에도 그런 심사가 벼락처럼 드는 날이 있어 사진첩에 있
는 내 사진들을 다 찢어버렸던 날도 있었다. 그 후에도 그
렇게 찢어버리고 싶은 날들이 폭우처럼 쏟아졌고, 그런
물낯 같이 흔들리는 무수한 나를 마주했던 고뇌의 밤들이
있었으나, 그러고도 그것에서 벗어나지 못하는 마음이 미
로처럼 겹겹이 쌓여 있었다. 그 무엇으로도 찢겨지지 않
는 오롯한 내 모습이 낙과들처럼 생의 둘레에 여기저기
떨어져 뒹굴고 있었다.

2

많은 책을 읽었으나 삶의 길 헤쳐 나갈 지혜보다 무지

와 번민이 더 쌓여갔다. 나를 무시하거나 조롱하거나 비난하는 목소리에 가슴은 멍이 들었고, 무릎은 여러 번 깨어져 앞으로 나아갈 용기를 잃었다. 절벽에 닿았다 되돌아온 메아리만 낮은 바람처럼 그 곁에 오래 머물렀을 뿐, 두드려도 열리지 않는 문은 내 안에도 밖에도 곳곳에 포진해 있었다. 시든 꽃에 코를 대고 향기를 맡아보듯 그리운 순간들을 회억하며, 넘치는 말들을 읽어주는 이 없는 시에게 부쳤다. 반딧불만한 그 불씨에 내 운명을 비춰보며 멀어져간 꿈들의 이름을 부르고 또 불렀다.

무언시(無言詩)를 쓰는 시간

소금을 옹기항아리에 담아 4년 정도가 지나면
간수가 다 빠져서 맛이 더 좋아진다고 한다

나이가 오십령(五十嶺)에 가까워지는데
아직도 내 마음이 이리 쓰고 떫은 것은
내 안에 정념의 간수가 덜 빠진 탓일까

탁기 없어 고요하고 맑기만 한 별빛 사리들처럼
면벽좌선하듯 내 안에 시간을 더 잠재우고 싶다

생을 눅눅하게 만든 모든 습기가 다 빠질 때까지
전신의 모든 세포와 숨결이 일심동체가 될 때까지

내 생의 그림자에게

파란만장과 우여곡절과 악전고투여

그대들로 하여 내 삶의 문맥이 심오해졌고

세상 물정 모르던

우쭐했던 마음도 조금은 더 낮아졌으니

어제 떠나간 흙바람처럼

이제 나를 좀 그만 따라다녀 다오

산이 높고 높을수록 그림자도 더 멀리 갈 것이니

보잘것없고 그릇이 작은 나보다

세상을 빛낼 뜻이 높고 웅대한 사람을 찾아가려무나

그대들과 함께 시대의 영웅이 될 사람을 찾아가려무나

천신만고의 과거를 다 누이고

이제 나는 산 아래 호수처럼 마냥 쉬고 싶으니

인생 후기를 쓰기 전에

첼로의 거성 파블로 카잘스는 아흔이 넘어서도

하루에 6시간 이상씩 매일 연습을 했다고 한다

마지막까지 자기 생의 꽃과 그늘을 다 펼치는 고목처럼

살아간 사람들에겐 남다른 삶의 깊이와 경건함이 있다

누구나 생의 끝에선 자신이 걸어온

모든 발자국의 오롯한 진실 앞에 서게 되리니,

저 정도의 헌신과 치열함과 있다면

생의 전부를 다 부어서 나는 무엇을 할 수 있을까?

불꽃으로 몸을 바꿔 하늘로 건너간 장작처럼

어떤 후회와 미련도 남지 않을 완전연소의 빛나는 생을

빛을 수 있으려면⋯⋯

시간의 꽃을 접다

수없이 접다가 만 구겨진 폐지 같은 애먼 마음들아

잘 접기만 하면 편편한 종이도 가지가지 예쁜 꽃이 된
단다

잘못 접었던 부분과 구겨진 부위를 잘 펴서 새로 접어
보렴

꽃 중에서 최고의 꽃은 언제나 자기 안에서 피어나는
마음꽃이요

네가 다시 접을 수 있는 꽃은 세상의 꽃들 못지않게 수
없이 많을 테니까

상처에게

호두껍질이 그리 딱딱한 것은 알맹이를 지키기 위한 것이듯

네가 그리 딱딱한 것도 무언가를 지키기 위해서였으리라

하지만 세상 모든 껍질처럼 너도 완전히 깨어져야 할 때가 있으리라

껍질은 오직 속살을 위해 기꺼이 자신을 내어줄 때 가장 아름다운 것이므로

있어야 할 자리

건축기사인 조카가 작업화를 빤 날

운동화 신고 일터에 나갔다 그만 대못에 발이 찔리고 말았다

발이 퉁퉁 붇고 걸을 수도 없어서 입원을 했는데

3주가 지나도록 낫지를 않아 급기야 수술까지 하게 되었다

수술을 했더니 검사상에는 보이지 않던 양말 조각이 나왔다

그 숨어있던 아주 작은 양말 조각이 살을 계속 썩게 했던 것이다

때로는 티끌처럼 아주 작은 조각도 있어야 할 곳에 있지 못하면

알게 모르게 하나의 치명적인 독이 되나 보다

내 마음이 있어야 할 곳, 내 손길과 발걸음이 닿아야 할 곳을 생각해 본다

모든 것은 그것이 있어야 할 곳에 잘 섞여야 탈도 없고
아픔도 없을 것이니

하혈

일곱 살에 엄마를 여읜
조카가
며칠째 하혈을 하더니
결국 유산을 했다

엄마 대신 늙으신
외할머니가 찾아가
밥을 해주고 밤늦게
무거운 발걸음으로 돌아왔다

이럴 땐 저승과 닿아 있는
쪽문이라도 하나 있어서
누나가 단 하루만이라도
달빛처럼 찾아왔다가 갔으면 좋겠다

타로 카페에서

어떤 아가씨가 와서 올해 애인이 생기겠느냐고 물었다

그녀에게 카드를 뽑게 하고 나온 대로 카드를 읽어주
었다

올해 안엔 애인이 생기기 힘들 거라고…

그랬더니 실망스러운 얼굴로 돈을 내고 돌아갔다

그 다음 아가씨도 그러했고, 또 그 다음 아가씨도 그러
했다

어떤 아가씨가 와서 이번엔 공무원 시험에 붙겠느냐고
물었다

그녀가 뽑은 카드를 확인하고서 나온 대로 카드를 읽어
주었다

올해 안엔 시험에 붙기가 힘들 거라고…

그랬더니 낙담스러운 표정으로 돈을 내고 돌아갔다

그 다음 아가씨도 그러했고, 또 그 다음 아가씨도 그러

했다

나는 부정적인 운명을 읽어주게 될 때마다

모난 돌을 만지듯 말하기도 껄끄러웠고 마음도 무거
웠다

펼쳐져 있는 카드들은 인간의 희로애락과 길흉화복의
파노라마 같은 것

행복과 성공을 쫓아가는 사람의 바람과 기대란 다 마찬
가지인데

왜 누구는 안 좋은 운명의 카드를 뽑아야만 했을까

(저마다의 운명 안엔 우리가 모르는 어떤 숨겨진 비밀이 있을까)

그녀들이 뽑은 카드와 그것을 읽어준 내 해석은 너무
잘 맞았지만

그럴 때마다 나는 타로 마스터를 자꾸 그만 두고 싶었다

공명을 위하여

"무사태평하게 보이는 사람들도 마음속 깊은 곳을
두드려보면 어딘가 슬픈 소리가 난다."[1]

이 문장을 읽는 순간 내 안에서 작은 소리가 울렸다
내 마음속 깊을 곳을 두드려보면 어떤 슬픈 소리가 날까

내 안에 옹송그리고 있는 것들을 무엇으로 두드리든
그 소리들을 죄다 불러내보고 싶다
다 불러내서 모닥불처럼 더없이 껴안아주고 싶다
그 소리들이 새처럼 하늘로 올라가 푸른 날개를 다 펼
칠 때까지

그 소리들이 없다면 나는 그 무엇과도 온전히 만날 수

1 　나쓰메 소세키, 「나는 고양이로소이다」에서 인용

없을 테니까

　그것이 없다면 다른 사람의 마음속 깊은 곳을 두드려볼

수 없을 테니까

오랜 솔로의 밤

날마다 밤의 허리를 부둥켜안고 잠들었다

사랑이 없는 날과 사랑을 꿈꿀 수 없는 날은

둘레 없는 파도와 바람만이 가득한 적소(謫所)여서

때때로 폭우와 원뢰(遠雷)라도 있으면 덜 허전할 것 같
았다

밤마다 어둠이 진주해 와서 물안개처럼 적막 한 채를
지어주고 갔다

상심의 날들을 견디며

생계는 막혔고 몸은 여기저기 아픈데
애써 잊고자 했던 쓰라린 기억들이
문득문득 필름처럼 자꾸 되살아난다

과거를 다 잊고 오로지 현재를 살자,
다시는 지나간 일들 때문에
지금 이 순간을 놓치지 말자,
수없이 되뇌였는데
나는 왜 자꾸 뒤로 넘어지는가
지나온 날들을 자꾸 되돌아보는가

상처의 날들과 화해하기가 너무 어려울 때 있으니
상심과 회한의 7부 능선을 힘겹게 넘어
다시 시간의 앞줄로 되돌아오며 생각한다

눈 내린 넓은 묵정밭처럼

아무리 많은 책을 읽어도 가슴의 허전함 달릴 길 없으니

쓸쓸하고 허한 가슴은 무엇으로 채워야 하는 것일까

억새풀도 서로 기대어 서면 더 따뜻해지듯

혹 내 지난 쓰라렸던 날들을 어루만져 줄

맑은 바람이나 새뜻한 꽃나무 그늘 같은 이가 있을까

그런 숲길 같고 흔들의자 같고 휴일정원 같은 은근한
사람이

아무도 모르게 세상 어딘가에 한두 사람쯤 있을까

시린 과거를 접어서 책장처럼 내 가슴을 넘겨주며

새로운 삶의 페이지를 마음 깊이 함께 읽어줄 사람이

멈추는 시간들을 생각하며

내 차는 18년을 갓 넘긴 허름한 소형차다

어머니도 누나도 형도 자꾸 차를 바꾸라고 한다

아버지가 타시다 내게 유산처럼 물려주신 차

내가 서울로 대학원 갈 때도 부산역까지 태워다 주셨고

공부 마치고 다시 내려왔을 때도 마중하러 오셔서

아버지와 함께 탔던 그 차

여기저기 낡고 흠이 많이 가서 노년의 마지막을 달리

는 차

차에 정이 드는 건 차와 함께한 시간과 사람들이 있어

서일 터

누군가와 함께 타고 싶어도 그럴 수 없는 시간들은

온다

폐차를 잠시 미루며, 심장처럼 어느 때엔 멈출 것들을

생각해 본다

모든 인연 속에는 내려야 하는 순간이 담겨 있으니

아버지를 떠나보냈을 때처럼 언젠가는 모든 시간들과
이별해야 하리라

속의 시간

바깥에서 한겨울을 보내는 옹기 항아리는
속에 뭔가 들어있을 때는 깨지지 않는데
속에 아무것도 없을 때는 깨어진다고 한다
한파에 바닥이 깨어져 나간 빈 항아리를 보면서,
자신의 세월을 잃고 속이 휑한 시린 가슴 같아서
내 안에 있는 모든 감정들을 무릎처럼 꼭 끌어안아 본다

너에게 가고 싶다

깨끗이 닦인 마루에 겨울 햇살이 은은히 비추듯이

좌심방에 있는 피가 두근거리며 우심방으로 건너가듯이

입구가 곧 감옥의 시작이었던 통발의 끝을 해체하듯이

드넓은 초원에서 뭉개구름을 바라보며 신발끈을 묶듯이

저녁 창을 닫고 홀로 가만히 참회록을 쓰듯이, 혹은

봄비 그친 후 메밀꽃밭을 찾아가는 나비처럼

영글기 전 열매에 새겨지는 바람의 지문처럼

처마그늘 속 하얀 고무신이 놓인 섬돌의 차분함처럼

무명베에 깃들어 있는 땀과 눈물의 간곡한 시간처럼

신부가 고운 손결로 처음 차린 풋풋한 저녁 밥상처럼

캄캄한 심해 속에서도 제 길 찾아 살아가는 심해어처럼

물 맑은 징검돌 건너듯 나는 날마다 너에게 가고 싶다

아직 찾지 못한 내 안에 미지와 내 밖의 끝없는 이상이
여!

밥과 주름살

평생 73kg를 한 번도 넘어본 적이 없었는데

실직 1년 만에 78kg가 되었다

20대 시절 꿈같던 조각 몸매는

다 무너지고 배만 나왔다

길들일 수 없었던 녹슨 세월의 더미 같아

살을 빼야겠다고,

저녁을 안 먹겠다고 하자

어머니는 살 빠지면 줄음 생겨 늙어 보인다며

살 안 빼도 된다고,

밥 먹으라고 자꾸 이르셨다

쌀독에 쌀 붙는 소리처럼 소복하게

어머니의 말씀이 내 마음에 계속 부어져서

살은 꼭 빼야겠지만,

차마 밥은 아니 먹을 수가 없었다

마흔 여덟의 비망록

눈 뜰 때마다 하루는 깨끗한 백지 같은 미지의 시간을 데리고 온다. 그런데 볼에 닿는 그 질감이 예전과는 사뭇 다른 것은 무슨 까닭일까.

내가 보낸 모든 시간은 연필심이 제 목숨을 닳게 하며 써내려간 되돌릴 수 없는 숙명의 발걸음 같은 것! 부르지도 않았는데 서른이 오고 마흔이 왔듯 바라지도 않았는데 코앞으로 지천명의 오십령(五十嶺)이 기다리고 있다.

불러도 오지 않던 사랑과 다가가도 멀어져만 가던 이상, 그 사이로 해가 뜨고 달이 지고 바람이 불었다. 아직 중년이라는 단어가 너무 낯선데 무엇을 잡아야 할지, 무엇을 놓아야 할지 고민하던 순간들이 모여 내 머리를 희게 한다.

'10년 전의 나'가 지금의 나를 찾아온다면 무슨 이야기를 해주어야 할까. '10년 후의 나'가 지금의 나를 만난다면 어떤 이야기를 해주고 싶어 할까. 산은 높이 오를수록 시야가 넓어지는 법인데 왜 내 눈엔 여전히 발밑 오르막만 자꾸 보이는 것일까.

후진할 수 없는 일방통행로의 바퀴들처럼 살아온 날들과 살아갈 날들 사이에서 생의 촛불이 조금씩 닳아가는 동안, 때로는 개기월식처럼 내면의 시간이 캄캄하기도 했고 때로는 싱크홀처럼 마음 한쪽이 푹 꺼질 때도 있었으니

지나온 날들을 돌아보며 머리에 느닷없이 내린 폭설을 회춘의 껌정물로 제설하며 헤아려본다. 인생이란 생각보다 더 빨리 지나는 굽이가 많은 길이자 제 뜻과 같지 않은 깨지 못하는 장대한 미몽일 것이니 쇠똥구리처럼 나는 푸석이는 생의 날들을 어떻게 굴려가야만 할까.

2부

어떤 준칙

어떤 태풍이 불어도

소리 없는 조각달은

조금도 떠밀리지 않는다

생의 빛나는 궤도를 따라

늘 있어야 할 곳에 있고

가야 할 곳을 향해

그저 가만히 저 홀로 다가갈 뿐……

각 티슈 약전(略傳)

　자기 것을 다 내어주고 해탈에 이를 때까지
　기다림의 자세를 조금도 잃지 않는 오롯한 삶이 있다
　자기를 내어주고 때를 묻힘으로써 더 순결해지는 기도
가 있다

그 길

새도 하늘 아래를 날으며

오롯한 밑줄을 긋는다

제 온 몸으로 날아간 만큼만 그어지는 밑줄

어떤 심연

매순간 일었다 사라지는 내 마음과 마음은

물 위를 걸어간 소금쟁이의 발자국 같은 것

수면에 무수히 떨어진 빗방울의 동심원 같은 것

무소유

아무리 비가 많이 쏟아져도

연잎은 비에 젖지 않는구나

수면은 언제나 연잎 아래에 있으니

그 밑으로 펼쳐져 있는 연못의 모든 역사가

그저 저의 고요하고 담담한 물빛 꿈결이구나

도계(道界)

사이는 동굴이다
생각과 생각
사이에 있는 동굴![1]

이 동굴에 들어가 칩거해 본 이
세상에 몇이나 될까
생각 너머, 나 너머의 무한한 평온이 깃든 곳
쑥과 마늘을 먹었던 곰처럼 사람도 다시 거듭날 수 있
는 곳

---

1 이승훈 시구 "사이는 동굴이다 생각과 생각 사이에 있는 동굴!"

나무

이 속엔 지금껏 인류를 생명의 온기로 지켜낸 불이 그
득 들어있다

물과 햇살이 키워낸 세상에서 가장 고요한 불이다

어떤 손이 닿아도 전혀 데지 않는 불의 꿈이 그 안에서
옹송그린다

나무가 가진 불의 꿈

나무에겐 선선한 그늘만 있는 게 아니다
나무에겐 수액으로 빚은 초록잎만 있는 게 아니다
나무에겐 수천년 이어온 꺼지지 않는 침묵의 불도 있다

나무는 생이 끝난 후에도 제 안의 수분을 다 비워내고
온몸을 뜨거운 불로 바꾸어 환생처럼 허공으로 건너
간다
제 안에 묵묵히 재워둔 무욕의 하늘을 그렇게 불로 지
피는 것이다

생각회로

누구나 한 채씩 견고한 아성처럼 가지고 있는 것

강아지가 자기 꼬리를 물기 위해 돌고 돌듯이

다들 반복되는 생각의 궤도 안에서 살고 있으니

그 무엇을 쫓아 아무리 돌아 돌아도 그것은 결국

자기 시야를 조금도 벗어나지 못하는 자아의 미로일 뿐

어떤 비늘

숭어는 일년 내내 눈이 먼 채로 살다가
가을이 되어 눈에서 비늘에서 떨어져나가야
비로소 앞을 볼 수 있다고 한다
어쩜 누구나 생에 이러한 비늘이 있을지 모른다
몰랐던 걸 알게 될 때, 오랜 굳어진 생각이 바뀔 때
새로운 관점으로 시야가 넓어질 때
무심으로 무색계 같은 있는 그대로의 실상을 볼 때……

시선 사이

별과 별 사이는
텅 빈 광장이다

모든 순간을 감싸 안는
영원의 밑동이다

만조를 이루는 별빛 아래로
유성우가 쏟아지든

나의 시선과 너의 시선이
별과 별 사이를 잇는
수백 광년의 광활한 선을 그리든

그것은 늘 텅 빈 채로
그 무엇에도 머물지 않는

잔잔한 초월의 시간 속이다

시계 (視界)

별과 별 사이는 사실 엄청난 거리지만
내 눈 속에서는 고작 한 뼘 사이다
그러니 삶과 죽음 사이 아무리 고달픈 인생사도
아주 멀리에서 보면 그저 마음 한 뼘 사이일 것이다
슬픔과 기쁨 사이로 운석의 빗금처럼 잠시 지나는
무수히 많고 많은 무상의 편린(片鱗) 하나일 것이다
전생과 현생과 후생 사이도 하나의 징검다리와 같아서
다 지나고 보면 업연의 물결 위를 건너는 몇 걸음 사이
일 것이다

고비와 고도(高度) 사이에서

시간이 지나야만 보이는 게 있고
나이를 먹어야만 알 수 있는 게 있다
한 고비를 넘겨야 얻어지는 것이 있듯
올라봐야만 체득되는 시계(視界)가 있다
세월처럼 때가 되면 익어서 떨어지는 것이 있듯
마음이 쌓이고 쌓여야만 열리는 문이 있다
울음으로 지새운 밤을 거쳐야 밝아오는 새벽이 있다

지리산 깊은 곳 고시생들이 많이 찾던 산사엔 팻말이 하나 걸려 있었는데 한 고시생이 주지스님께 누가 쓴 글이냐고 묻자, 마지막으로 이 절에서 공부해 9년 만에 고시에 합격한 이가 뒷사람을 위해 써두고 간 글귀라고 한다.

자각의 위치

-장옥관 시인의 「달의 뒤편」에 답하여

달의 뒷면으로 가기 전에는 달의 뒷면을 볼 수 없다

내 뒷면으로 가기 전에는 결코 내 뒷면을 볼 수 없다

종이나 그릇의 뒷면처럼 온전히 뒤집어 보기 전까지는

내 마음과 그것으로 빚어온 내 생의 빛과 그림자도 그
렇고

나도 모르는 내 안의 광활한 무지의 지평까지도 다 그
렇다

오롯이 깨어있지 않다면, 나를 넘어서 보지 않는다면

천수관음도 시각의 뒤편과 눈 뒤의 눈은 보기가 싫지
않을 것이다

숟가락 거울

숟가락 안쪽의 오목한 부분은 오목거울
바깥쪽의 볼록한 부분은 볼록거울
우리는 그런 숟가락으로 매일 밥을 먹는다
우리 안에도 그런 양면거울 같은 숟가락이 있어
저마다 삶의 모든 것을 비춰보며 매일 마음을 떠먹는다
의식의 초점과 입사각과 반사각의 굴절 때문에
세상이란 온통 그런 오목—볼록의 초상들이
수없이 떠다니는 교집합의 오리무중이거나 망망대해다
그러니, 우리가 한쪽으로 기울거나 구겨진 마음 없이
있는 그대로의 실체를 제대로 만나는 것은 몇 번이나
될까

보이지 않는 것들

여름철에 제습기를 틀어놓으면

몇 시간 만에 한 세숫대야만큼의 물이 고인다

물을 비우고 다시 틀어놓으면

또 몇 시간 만에 그만큼의 물이 다시 고인다

허공 속에 그렇게 많은 물이 있었다니

날개도 없이 허공을 유영하는

늘 곁에 있는데도 우리가 보지 못한

저 가볍고 투명한 물의 군단들!

보이지 않는 허공의 물을 뚫어져라 쳐다보며

보고도 보지 못하는 숱한 것들을 생각해본다

미신 같은 온갖 바이러스도 바람처럼 오고 가고

전자파도 자란자란 전신(傳信)처럼 수없이 떠다니고 있는데

전갈과 나비와 물방개와 다람쥐와 뻐꾸기와 돌고래가 세상을 보듯

우리가 보는 것이 어찌 다 세상의 진실이나 실상이겠
는가

내 안에 있는 마음과 늘 곁에 있는 공기의 심사도 다 못
보는데……

불귀(不歸)에게

연어도 때가 되면 모천으로 돌아올 줄 아는데

새들도 저녁이 되면 둥지로 돌아올 줄 아는데

마음아 너는 어이해 처음으로 돌아올 줄 모르느냐

너는 본디 아무것도 없는 무심으로부터 시작되었고

내 영혼의 뿌리는 무한한 하늘에 닿아 있는데

멈출 줄 모르는 옹색하고 어린 마음아 너는 어찌

처음으로 돌아와 시작과 끝을 하나로 연결하지 않느냐

윷판의 길을 다 돌고 원점으로 되돌아오는 말들처럼

무수한 나뭇잎도 때가 되면 뿌리로 다 돌아올 줄 아는데

명상에 대한 단상

농부는 씨앗 중에서 쭉정이는 다 걸러내고

가장 좋은 씨앗만 골라 논이나 밭에 뿌린다

쭉정이를 걸러내지 못한 마음아, 가벼운 볍씨처럼

물 위에 뜨지 않게 세상 분진과 소란함 밖의

나를 잊은 적요 속에 좀 깊이 가라앉아 있으렴

하늘도 쭉정이 별은 유성으로 걸러내고 실한 것들만 모아

촘촘히 뭇 성좌를 이루어 끝없는 이야기를 만들어 가듯이

때가 되면 가장 알맞은 곳에 너도 빛처럼 뿌려질 테니까

마음에 대한 가장 광활한 이해

바다에는 바닥이 있지만 우주엔 바닥이 없다

오직 바닥 없는 공(空)만이 우주를 담는 자루가 된다

허공을 읽다

폭우와 폭염과 폭설이 다 지난 후

아무 일도 없었던 것처럼

모든 기억과 역사를 머금고 있는

닳지 않는 웅대한 백비(白碑)

뭇 시공을 사뿐히 건너는

영겁을 비추는 텅 빈 거울

오직 그 어떤 운명에도 붙잡혀 있지 않는

무심한 바람과 구름만이

그것의 의미를 찬찬히 읽으며 지나간다

타고 오르다

담쟁이는 벽과 나무를 타고 오르지만
바람은 허공의 술렁임을 타고 오른다

허공은 하늘 끝까지 닿아 있어
바람도 하늘 끝까지 그 속살을 타고 오른다

어디서든 자신의 모든 것을 놓을 줄 아는
무량무위의 가벼움만이 하늘에 닿는 것일까

지나는 햇살이 계절을 조금씩 밀고 갈 때
바람이 때때로 구름에 앉아 아래를 내려다본다

신성한 언약

신이시여,

당신이 세상을 향해 하는 기도 속으로

걸어가게 하소서

당신이 저를 위해 하는 기도 속으로

걸어가게 하소서

제가 생을 다해 바라는 것과

바랄 수 있는 것은

오직 빛나는 그 기도뿐이오니!

삼천 배

틈 날 때마다 절에 가서
삼천 배를 하는 여인이 삼천 배 끝에
노곤하여 살풋 잠이 들었는데
꿈에 불상이 나타나 이렇게 말했다

저는 절 받기를 원치 않으니, 그보다
당신이 만나는 모든 사람에게 마음으로 절하십시오
눈빛으로도 따뜻이 절을 하고, 말로도 공손히 절을 하고,
모든 일거일동에도 마음을 다해 절을 담으십시오
당신이 만나는 모든 이에게 절하는 것이
곧 부처께 절하는 것입니다
모든 것을 지운 만년설처럼 무분별의 무심 속에
부처와 중생이 어디 있겠는지요
절을 하는 것은 나를 내려놓는다는 것이니
이는 어디서든 한 마음으로 삶을 받드는 것이요

모든 시비와 차별을 반야의 물결 속에 지우는 것입니다

그러니 그것이 만행(萬行)의 시작이자 끝이 아니겠는
지요

물의 원

물은 언제나 아래로 더 아래로 흘러간다지만

지구는 그저 동그란 하나의 원일 뿐인데 더 아래는 어디일까

아래로 더 아래로 흘러간 물은 모두 바다에서 만날 뿐이니

어쩜 세상 모든 물이 아래로 줄기차게 흐르는 것은

지구의 동그란 원이 그대로 잘 유지되게 해주기 위한 게 아니었을까

오로지 물의 마음도 둥글고 지구의 마음도 둥글어서 그런 게 아니었을까

돌아야 하는 이유

아이가 할아버지께 지구가 자전하고 공전하는 이유를
물었다

모든 사람이 치우침 없이 고루
빛을 볼 수 있게 하려고,
낮과 밤을 만들어서 모든 생명에게
삶과 휴식을 함께 주려고 그러는 거란다
회전목마 타 본 적 있지?
지구도 그렇게 중심축을 따라
전축 음반처럼 돌고 돌아야 더 재미있어지고
봄 여름 가을 겨울도 만날 수 있는 거란다
그렇게 지구가 천체의 궤도를 따르기에
시계 바늘도 이를 따라서 정확히 돌아가고
나무도 하루 동안 그늘을 제 둘레에 다 전해주고
만화경처럼 여러 가지 별자리도 볼 수 있는 거란다

둥근 지구가 태양을 바라보며 회전하기에

산간 마을의 제비꽃도 꽃잎을 피울 수 있고

얼음밭에 사는 북극 여우도 햇볕을 쬘 수 있는 거란다

행복과 불행 사이

1

내담자가 상담가에게 물었다
당신은 행복하신가요?

별이 어둠 속에 있듯
행복은 언제나 불행과 함께 있습니다
그러므로 저도 늘 행복과 불행 사이에 있답니다
종이 한 장도 늘 앞면과 뒷면 사이에 있듯이요

백지는 내 앞에 펼쳐진 쪽이 앞면이지만
뒤집으면 언제든 뒤쪽이 다시 앞면이 되지요
불행하다 느낄 땐 불행 쪽 면이 앞면일 것이요
행복하다 느낄 땐 행복 쪽 면이 앞면일 것입니다

2

그럼, 저처럼 불행이 늘 앞면에 있는 사람은

어떻게 해야 하나요?

앞면이 바뀌려면 마음부터 뒤집어야겠지요

마음은 껴안을 수 없는 것을 껴안을 때만 뒤집어진답

니다

봄 햇살에 얼어있던 강 물결이 녹는 것처럼

그때 불행의 단면도 함께 뒤집어질 것입니다

보자기 뒤집듯 끌어안을 수 없는 것을 끌어안는 것은

나를 내려놓는 일이자 내 속의 여백이 커지는 일이지요

그렇게 내면이 바뀔 때만 그것에 비치는 세상도 바뀔

것입니다

행복도 불행도 결국 모두 내면거울에 비치는 음영과 같

은 것이니까요!

어떤 욕망

악어를 통째로 삼켜버리는 데 성공한 비단뱀

하지만 그 악어를 다 소화시키기 전에 죽고 말았네

오오 어쩌다 운명의 페이지를 잘못 넘긴 탓이었을까!

득음

소리로 자기 안의 울음을 다 비워내고
아무것도 남김없이 다 비워내고
완창에 성공한 매미는 더 비워낼 게 없어
생의 그림자 같은 가벼운 허물만 벗어놓고
저 고즈넉한 가을 노을 너머로 건너가 버렸다

하늘빛의 그늘만이 고요의 괄호처럼 커져갈 때

내적일치

바다는 3%의 소금이 있어 썩지 않는다고 한다
세상에도 그런 역할을 하는 이가 분명 있을 것이다

다만 세상에 소금 같은 사람이 아주 드문 이유는
겉과 속이 완전히 똑같은 사람이 드물기 때문일 것이다

모정 (母情)

새끼에게 주려고 도토리 세 개를

볼에 넣고 뛰어가던 다람쥐를

어미 올빼미가 한 순간에 낚아채서

그 몸을 갈가리 찢어서 새끼들을 먹인다

어느 닿지 못한 슬픔 사이로 숲이 잠시 흔들렸을

뿐……

시간론

나는 언제나 시간의 앞면을 대하고 있는데

깊은 회한처럼 뒷면에 자꾸 마음이 갈 때가 있다

못다한 말들과 모래성처럼 무너진 일들과

못다한 인연과 되돌리고 싶은 일들은 죄다 뒷면에 있다

허나 시간의 뒷면은 1초의 머뭇거림도 없는 과거여서

시간은 그 무엇으로도 뒤집을 수가 없다

달의 뒷면엔 어떤 눈빛도 닿지 않는 것처럼

생은 순간을 데리고 모든 현재를 직면하라고 이른다

죽을 때까지 내가 만날 수 있는 것은

실시간 다가오는 시간의 생생한 앞면밖에 없으므로

시간의 뒷면은 그저 갈수록 바래질 기억의 필름일 뿐이

므로!

절정

분수는 절정을 향해 잠시도 멈추지 않는구나

모든 순간이 다시없는 새로운 순간이듯

매 순간 그 무엇에도 비켜서지 않고

매 순간 그 무엇에도 안주하지 않고

절정이 지붕처럼 생의 꼭짓점이 되어

전일(專一)함이 축포처럼 생의 뼈대가 되어

하얗고 뜨겁게 자신을 다 불태우는구나

귀항(歸港)

삶은 무수한 느낌표와 물음표와 쉼표를 지나
마침내 마침표 속으로 들어가 끝난다
그 마침표는 모든 삶의 블랙홀이다
생의 스크린에 무엇이 비쳐졌든
조금 빠르고 늦은 시간차가 있을 뿐
홀인원이 아닌 생은 세상 어디에도 없다

실존주의

내가 모르는 것과 아는 것과

안다고 착각하는 것 사이에

내가 건너가야 할 아득한 강이 있다

그리고 그 강을 건너고 나면 다시

안다는 것과 산다는 것 사이에

내가 달라가야 할 희로애락의 광야가 있다

세상 모든 간격들을 위하여

우리의 눈과 눈 사이에 간격이 없다면

두 줄로 뻗어있는 기차 레일에 간격이 없다면

숲속에 서 있는 나무와 나무에 간격이 없다면

마디의 힘으로 자라는 대나무에 간격이 없다면

걸어서 올라가고 내려오는 계단에 간격이 없다면

바람을 만들어주는 선풍기 프로펠러에 간격이 없다면

징검돌 사이로 물이 흐르는 징검다리에 간격이 없다면

사람들이 대화할 때 이 말과 저 말 사이에 간격이 없다면

봄 여름 가을 겨울로 돌아가는 사계절에 간격이 없다면

달이 끌어당겼나 놓았다는 하는 밀물과 썰물에 간격이
없다면

지구가 자전으로 만들어주는 저 무수한 낮과 밤의 간격
이 없다면

군집(群集)의 힘

콩나물시루에서
콩나물들이
허리를 펴고
수직으로
곧게 자라는 것은
울울창창하게
서로 맞닿은 몸들이
서로의 발돋움을
살뜰히 붙들어주기 때문이니
함께 어우러져 그렇게
결속으로 서 있는 것들은
서로가 서로에게 늘
슬거운 생의 근거가 되리라

무영시 (無影詩)

물기 없이 다 마른 나무만이
좋은 장작이 될 수 있다
물이 키웠으나 그 물을
완전히 떠나야만 할 때가 있다
물의 시간이 불의 입에게
모든 말을 환하게
다 전해주어야 할 때가 있다

고목

세월의 빗금 같은 무수한

비와 바람과 햇살과 벼락과 눈서리를 견디며

자기 자리를 지켜 온

500년이 된 은행나무 앞에 우두커니 서 본다

한 자세로 한 자리에서

깊은 역사를 이루었으나

그 아래 떨어져 소복이

땅을 채색한 무수한 노란 잎들은

오래 된 과거와 미래 사이에서

그저 모두 다 올해 처음 태어난 것들뿐

그것은 해마다 새 물감으로 다시 펼쳐지는

전심(專心)으로 그려진 가을빛 유화다

뭉쳐진 시간

1

강물은 어제 내린 비와 한달 전에 내린 비와 일년 전에 내린 비와 십년 전에 내린 비가 함께 만드는 것이다. 빗방울 닿았던 들과 산도 이를 잘 알기에 순순히 길을 내어준다. 낮은 마음들이 오래 모이고 모여야 물길이 열리는 것이니, 강은 어디서든 자신을 고집하지 않기에 에둘러 흐르고 흘러서 자신의 길을 열줄 안다.

2

굳이 빗방울이 되어 지상에 내려온 구름의 뜻은 무엇이었을까. 목마른 모든 것들 목숨처럼 적시고 난 후 다시 한 곳으로 다 모이었으니, 막힌 곳 비껴가며 곡선의 미학으로 유유히 흐르는 강물을 굽어보는 것은 생의 언덕에 서서 대지에 닿은 구름의 꿈을 보는 것이자 구름의 높은 천명을 보는 것이리라.

3

어느 책에서 읽은 '오래 흘러야 강이 된다'는 말을 알고부터 이 구절을 틈날 때마다 가슴속에 부어준다. 그간 내 속에 내린 가랑비와 소나기와 장대비와 함박눈과 진눈깨비가 죄다 모여서 굽이굽이 아름다운 강물을 이루었으면 하여서. 생이 부석거릴 때나 혹은 못내 쓸쓸하거나 홀로 깊어지고 싶을 때 내 마음 한편에 끝없이 흐르는 그 강물을 무심히 바라다보고 싶어서.

바람에게

영원하지 않은 것들은
영원한 것을 꿈꾼다
너는 영원하지 않은 것들의
가장 맑고 가벼운 영원!
해 지는 깊은 대숲에서
화엄으로 가는 너의 소리를
가만히 눈을 감고 듣는다
그 무엇도 집착하지 않기에
세상 모든 것 모든 곳에서
시작과 끝을 지워버린
대자유의 투명한 지문이여!
늘 마음 가는 곳에 함께 있으니
어느 인생과 어느 우주엔들
네가 깃들지 않는 곳이 있으랴

입구

옥상 구석에 놓여 있는 빈 페트병

지난여름 그렇게 비가 많이 왔는데

물이 반도 채 다 차지 않았다

입구가 너무 좁아서 그런 것이니

그 입구가 조금만 더 컸으면 어떠했을까

하늘이 그 운명에 무엇을 내려주든

입구가 작은 마음도 저와 같으리니

속이 가득 채워지지 않은 생도 그 때문일까

아득한 불귀

할머니의 여러 겹의 주름살엔
세월이 지나간 오목한 길이 있다
꽃과 열매를 다 떨군 앙상한 가지처럼
오직 자신만이 알고 자기 혼자서 걸어온
시간의 음각 같은 음영의 파노라마가 있다
생애의 지문으로 이어진 그 길 끝에는
다른 세계로 건너가는 문이 있을 것이다
단 한 번밖에 걸을 수 없는 여정이 있듯
한 번 열려서 영원히 닫히는 문이 있을 것이다
바람도 한번 두드려보지 못하고 하릴없이 돌아서는

지우개

네모반듯한 슬픔이여

지난 온갖 과오들을

쉼 없이 소리 없이

대속으로 깨끗이 닦아내며

오체투지의 한결같은 자세로

자신의 전부에 전부를

함박눈처럼 다 쏟아내고

티 없는 공(空)으로 건너가는

고요하고 따뜻한 헌신의 불꽃이여

그릇을 위한 서시

설거지를 하거나 쓰레기통을 비워보라

비움을 멈출 때 그릇은 그 존재 가치를 잃어버린다

끊임없이 채우고 다시 비울 때

그리하여 처음처럼 다시 본연의 모습으로 되돌아올 때

그릇은 비로소 그릇이 된다

숨을 뱉지 않고는 새로운 숨이 들어올 수 없고

소리가 나가서 속을 비우지 않고는 피리를 불 수 없듯

어떤 숲도 자기 속을 덜어내지 않고는 제 안에 길을 낼

수 없다

세상은 온통 그릇으로 가득하니

하루도 24시간을 담는 시간의 그릇이 아니던가

지구도 바다를 담고 있는 물그릇이 아니던가

밤하늘도 별들을 담고 있는 빛그릇이 아니던가

내가 누워 자는 방도 집도 나를 품은 그릇이니

제 속을 비우지 못한 사람은 여유도 여백도 없을뿐더러

그 무엇으로도 큰 그릇이 못 되는 것은 바로 이 때문이다

경청과 겸허함으로 더 커지는 말그릇처럼

모든 시공을 경계 없이 다 품고 있는 하늘처럼

그 무엇이든 비우면 비울수록 더 큰 그릇이 된다

모든 그릇은 오직 비움의 자세로 제 일생을 완성한다

심원(深願)

자신을 사랑해주던 주인이 죽자

식음을 전폐하고 따라죽은 개 이야기를 들으니

죽음이 거느린 후광과

생사를 초월하는 정(情)의 깊이가

사람과 동물 사이에도 있음을 알겠다

그 어떤 인연의 바퀴 속에 있든

산다는 것은 함께한 시간 속의 무늬처럼

쉽게 지워지지 않는 의미를 새기는 일일 터!

살면서 몇이나 저런 깊이에 다다를 것인가

그 정을 새길 돌이 세상에 없을 것이라

시에다 몇 자 적어 그 사무침의 그림자를 그려본다

성선설

하늘 아래 그 누구도 체온 없이는 살 수가 없다

마음 바닥은 오직 군불로 따뜻해지는 온돌 같은 것이니

저 울창한 숲도 바닥이 따뜻해질 때 푸른 그늘이 한 뼘

씩 자라는 것이니

홈이 파인 마음에게

숲속을 흐르던 물은 큰 웅덩이를 만나

길 터던 발걸음이 멈추었습니다

하지만 물은 계속 웅덩이 속으로 흘러

마침내 웅덩이를 다 채우더니

절로 넘쳐 올라 다시 가던 길을 열며

유유히 제 갈 곳으로 넌출넌출 흘러갔습니다

새로 생긴 작은 연못엔 날마다

햇살과 바람빛이 자오록이 고여

제 하루치의 적념을 은은히 적시고 갔습니다

유일한 염원

마음아, 너무 힘드니?

그러면 그럴수록

끝 간 데 없이 계속 더 굴러가 보렴

네가 온통 둥글어져서

네가 죄다 원융무애하여

넘어지고 또 넘어져도

볼링공처럼 어디로 굴러가든

다시는 쓰러질 수 없을 때까지

다시는 비틀거릴 구석을 찾을 수 없을 때까지

무릎의 시

　머리가 아니라 가슴으로 시를 써야 한다고 믿었다

　허나 가슴에서만 시가 쓰이는 것은 아니다

　때론 가슴이 아니라 무릎으로 시를 써야 한다

　무릎이 넘어져 깨어져서 나오는 아픈 소리와

　무릎을 다시 일으켜 세우면서 흘러나왔던 소리로 써야

한다

　무릎은 요람에서 무덤까지 가는 삶의 페달이다

　무릎은 수평과 수직을 자유롭게 연동시키기에

　무릎엔 굽혀졌다 펴지는 하루하루가 있고

　세상으로 걸어가게 하고 또 그 모든 길을 안고

　자신에게로 걸어가게 하는 영혼의 하중이 실려 있다

　하여 무릎엔 생의 모든 진실이 하구처럼 고였다 간다

　나무의 진액처럼 무릎에서 절로 새어나오는 소리엔 거

짓이 없다

　노을이 지상에 은은히 자신을 내려놓을 때처럼

무릎이 땅에 고요히 닿을 때 사람은 가장 겸손해진다

시인론

보이는 것도 제대로 보기 어려운데

보이지 않는 것까지 보아야 하고

들리는 소리도 제대로 듣기 어려운데

들리지 않는 것까지 들어야 하니

천지만상에서 자신의 모든 감각을 깨우는

도인이 되는 길이 아니고 무엇이리

백 번, 천 번이라도 장인(匠人)처럼 기꺼이

언어의 움막 속에서 자신을 두드려야 하니

시의 담금질 속에 있는 구도자가 아니고 무엇이리

영원이가 꼬리를 흔들 때

강아지 이름을 '영원'이라고 붙였다

왠지 심오한 느낌과 운치가 있는 듯

내가 영원을 부를 때마다

영원이는 꼬리를 흔들며 내게 온다

머리를 쓰다듬어 주거나 털을 만져주면

영원은 좋아서 배를 들어내거나

내 손을 핥고, 몸을 비비며 즐거워한다

영원을 붙잡고 가만히 그 눈을 들여다보고 있으면

영원의 눈에 나의 눈빛이 있고

나의 눈에 영원의 눈빛이 있다

나는 영원이를 안고 영원에 대해 생각한다

나와 영원이 사이에는 부르지 않아도

늘 시시각각 수없이 쏟아지는

또 다른 영원이 지나고 있을 것이다

어쩜 아른아른 첫눈처럼 꼬리를 흔들고 있을 것이다

시경계 (視境界)

하늘의 마음을 닮은 폭설은 모든 경계를 지우는구나

하얀 결속 안에서

모든 것을 제 숨결과 살결처럼 꼭 끌어안는구나

뼈들의 힘

러시아 극동 연해주(州) 바닷가에서 7살짜리 아이가 지금으로부터 약 2억 5천만 년 전 선사 시대 어룡(魚龍)의 화석을 발견했다고 한다

아무것도 남은 것은 없으나 형체가 또렷한 생멸의 거푸집

한 생명의 생애 전체를 튼튼히 떠받쳤던 뼈들은 그 존재가 영원히 지상에서 다 사라진 후에도 끝까지 남아 화석에 자신을 그림자처럼 새기고 갔구나!

점자의 시

점자책으로 시를 읽는 시각장애인은

손으로 만져지는 시를 읽는다

그 손끝으로 번져오는 끝 모를

무수한 빛과 어둠은 어떤 것일까

그 속엔 어떤 새와 나무가 살고 있을까

꽃도 손으로 읽고, 바람도 손으로 읽고

물소리도 그리움도 손으로 읽는 세계는 어떤 것일까

시를 읽는 것이 문자에 새겨진 감각을 향해

마음의 문(門)을 여는 일이라면

생의 뭇 어둠을 닦고 문지르고 쓰다듬어

밤하늘 한 폭을 종이에 새겨 별의 문자로

닿지 못하는 세계로 가는 하얀 길을 열어주고 싶다

그때 거기에 있었던 사람

60대 남성이 몰던 차 한 대가 수로에 추락했는데

차가 물에 갓 잠겼을 쯤

팔순의 할아버지가 망설임 없이 물속에 뛰어들어 그를 구해냈다고 한다

이 할아버지는

18년 전 가스 누출 사고로 이웃집에 큰불이 났을 때도

계속된 폭발로 붕괴가 우려되는 상황이었지만

화염을 뚫고 들어가 인명을 구조했다고 한다

사람들이 그를 영웅이라고 칭송하자 다만

"나는 영웅이 아니라 그저 그때 거기 있었을 뿐"이라고 말했다

하지만 그때를 놓치지 않은 마음이 있었기에

그저 그때 거기 있었던 사람이 오래 기억되는 사람이 되었을 것이다

어떤 부부

과로로 쓰러져 병원에 왔다가 우연히

그는 몰랐던 더 큰 병을 알게 되었다

결혼한 지 얼마 되지 않은 단란한 신혼이었으나

고환암에 걸린 신랑은 어쩔 수 없이

씨앗 공장을 몸에서 다 들어내야만 했다

수술 하루 전 신랑은 계속해서 울먹였으나

슬픈 기색 하나 없이 '괜찮다, 괜찮다'며 그의 아내는

연신 그의 눈물을 닦아주며 애써 달래주었다

다들 아파서 누워있는 신세지만 마음이 아려서인지

병실에 함께 있었던 사람들은 다 같이 말을 아꼈다

바깥엔 겨울바람이 유리창에 연신 머리를 들이박고 있었다

아슬한 생계

대형 트럭을 운전하는 그는

몇해 전 겨울 운전석에서 내려오다

바닥으로 떨어지는 바람에

허벅지 근육의 일부가 끊어졌다고 한다

그래서 수술을 해야 하는데,

그러면 보름이나 일을 쉬어야 해서

그런 상태로 고통과 불편을 감내하며

무탈한 듯 아무렇지 않게

몇 해째나 그렇게 지내고 있다고 한다

생계의 비탈과 악천후는 어디에나 있을 것이나

대형 트럭의 운전석은 너무 높아서

오르고 내릴 때마다 꼭 아슬아슬한 벼랑 위 둥지 같다

닿지 못한 시간

지하철 입구에 만취 상태로 쓰러져 자고 있는 노숙자

얼굴과 옷에 땟물이 절어 있고 악취도 배어나온다

지나는 사람들은 못 볼 것을 본 것처럼 서둘러 고개를
돌린다

왜 하필 사람들 수없이 오가는 지하철 입구에 쓰러져
있었을까

그 무엇에게도 구원받지 못해 쓰러져 있는 눅눅한 생

정오를 지나는 햇살은 여전히 그의 얼굴을 밝게 비추
는데

아, 신이 계신다면 저 사람과 무심코 지나는 이들에게
어떤 말을 전할까

그의 곁에 무수한 발자국만 겹겹이 포개어져 저들끼리
무슨 말인가 속삭인다

어떤 겨울

2층 총각은 일자리 잃고 방세가 8개월째 밀렸으나
주인 아주머니는 아무 말도 하지 않으셨다
아주머니를 피해 다니던 총각은 어느 저녁
일자리 얻고 받은 첫 월급으로 밀린 월세를 내며
미안한 얼굴로 감사하다는 말을 거듭 전하였다
바깥엔 집을 찾는 바람이 빙판길에 미끄러질 듯 지나고
있었다

어떤 목소리

음치인 옆집 고등학생이 시시때때로 노래를 부른다

무릇 음치인데도 너무나 당당하게 소리까지 크게 부른다

책을 읽던 나는 번번이 그 듣기 싫은 소리 때문에 짜증이 난다

내가 차마 말하지 않고 지나왔지만, 세상엔 듣기 싫은 소리를

저 자신만 모르고서 소리 높여 내는 사람들이 더 많이 있을 것이다

느낌의 기억력

중3 때 노처녀 국어선생님께 어쩌다
몽둥이로 머리를 한 대 맞았는데
"선생님, 머리 맞으면 머리 나빠져요!"라고 했더니
"네가 더 나빠질 머리가 어디 있노?"라고 하셨다
하지만 나는 더 나빠질 수 없는 그 머리로
박사 논문도 썼고 여러 권의 책도 썼다
30년이나 지났지만 더 나빠질 게 없던 내 머리는
아직도 그 말을 들었을 때의 느낌이 어떠했는지는
정확히 기억한다
느낌이 좋아서 오래가는 기억이 있듯 그 반대인 것도
있다

어항

어찌 저리 속이 좁을까 싶은 사람들이 있다

속이 너무 빤히 보이고,

너무 자주 물결이 튄다

폭이 조금만 더 커진다면

고운 물고기들이 자유롭게 더 많이 살 텐데

완고한 틀을 건딜면 금방 깨어질 것 같다

우월감 별기 (別記)

출세했다고 우쭐대는 사람도 봤고

작가라고 우쭐대는 사람도 봤고

명문대 나왔다고 우쭐대는 사람도 봤고

교수라고 우쭐대는 사람도 봤고

고관이라고 우쭐대는 사람도 봤고

부자라고 우쭐대는 사람도 봤고

유명하다고 우쭐대는 사람도 봤고

아는 것 많다고 우쭐대는 사람도 봤고

도가 높다고 우쭐대는 사람도 봤고

예쁘거나 잘생겼다고 우쭐대는 사람도 봤으니

세상 온갖 잘난 사람 실컷 보았노라

다들 제 멋에 사는 것이겠지만

우쭐거림은 필연적으로 타인을 무시하는 법이어서

그 속에, 사람을 있는 그대로 편안케 하는 이는 한 명도

없더라

　실은 그 사람 속에 있는 그대로의 편안함이 없는 까닭
이더라

반사와 굴절의 시간

1
대화 끝에, 어떤 이가 말했다
당신은 어른이 덜 되었다

불쾌해진 다른 이가 말했다
당신은 사람이 덜 되었다

속으로 서로를 싸가지 없다고
욕하는 반목의 순간들

금이 간 거울처럼
서로를 일그러뜨리는 대화들

닫힌 마음과 결빙된 시간 속에
말과 말이 부딪치고

눈빛과 눈빛이 부딪친다

2

꽃은 저마다 꽃답게 피어 있고
바람은 저마다 바람답게 지나고
햇살은 늘 햇살답게 내려오는데

어른 같은 어른도 없고
사람 같은 사람도 없는
이상한 세상은 어떻게 만들어졌을까

거울도 자기 뒤는 비추지 못하듯
잘못된 사람, 나쁜 사람, 이상한 사람은
언제나 자기 바깥에만 있으니

서로의 마음벽에 부딪쳐
깨어진 후렴구처럼 울려오는 메아리,
서로가 서로에게 닿을 수 없는
먼 산과 골짜기로 아득히 서서는……

칸트에게

오로지 백인만이 '좋은 인종'이라고
어처구니없는 말을 남긴
고약한 인종차별주의자에게 고한다

좋은 인종은 인종을 차별하지 않은 사람들 속에 있다
타인에게 어떠한 우월감도 가지지 않는 것이 순수이성
이다
철학의 본질은 인류에게 가해진
모든 배타와 차별과 무시를 거미줄처럼 다 걷어내는 데
있다

낮은 곳을 찾아 길을 열며 흐르는 물소리처럼
무등한 마음속으로 들어가 보지 못한 철학은
아직 수평선이 무엇인지도 모르는 작은 시냇물일 뿐

존재의 이면

그가 하는 일은 빌린 돈 빨리 갚으라고
독촉전화를 하는 일이었다
그는 열심히 일해서 회사에서 최고 연봉을 받는
1등 사원이 되었다
일 잘한다는 칭찬을 숱하게 들으며
동료들의 부러움을 한 몸에 샀다

"자꾸 그렇게 독촉전화하면 자살해버릴 거예요"
"자살할 때 하시더라도 돈은 갚고 난 후에 하셔야죠"

그는 업무상 빈말로 한 말이었지만
그 고객은 그의 독촉전화를 받고
정말로 자살을 해버렸다
그 일로 그는 가슴에 대못이 박힌 채
돈 잘 버는 좋은 직장을 그만두고 말았다

돈 벌기 위해 자신이 쏟아냈던 모든 말을 토해 놓으며

우리가 모르는 기원

1

사우디 사막에서 12만년 전

고인류의 발자국이 발견되었다고 한다

한때 호수였던 초원에 찍힌 발자국은

인류사를 증명하는 시간의 음각인 것일까

어떤 종교에선 기원전 3761년에

하나님에 의해 세상이 창조되었다고 하는데,

저 발자국은 하나님의 뜻을 어기고

왜 그리 멀리까지 거슬러 올라 걸어간 것일까

또 그 위로는 얼마만큼의 더 많은 발자국이 있었을까

2

혹 그 발자국을 따라가서 그때의 사람을 만난다면

새소리 들리는 숲속 그늘의 바위에 걸터앉아 물어보고
싶다

그들은 사랑을 고백할 때 어떻게 하는지

어떤 선물을 주고받는지

아플 때는 어떻게 치료하고 출산은 어떻게 하는지

권력이 만든 상하귀천이 있는지

자식에게 도덕과 법도를 가르치는지

그들에게도 별자리에 대한 이야기와

누대로 전해온 전설이나 설화들이 있는지

어떤 신에게 무엇을 어떻게 비는지

그리고 우리가 아는

여러 신화에 대해선 어떻게 생각하는지

그들은 어디서 왔으며, 무엇을 지향하며 살고 있는지

언제 지구에 첫 발자국을 찍었는지……

잃어버린 시간
-제주 4·3사태 때 벌어진 일

뒷산에 나물 캐러 갔던 처녀는

집으로 돌아오다가

이유도 모르고 진압군이 쏜 총에 맞아

턱을 다 잃어버렸다

그 무엇도 씹을 수가 없어서

평생 죽만 겨우 삼키며 연명해야 했던

그녀는

턱이 없어, 온전한 말 한 마디 못하고

버려진 무심한 세월 속에서

가냘픈 일생을 홀로 살다가 갔다

세상이 감춘 진실이 무엇인지 다 알지도 못할뿐더러

폭압과 소외의 시간 속에서

스스로 자신을 증언할 수도 없었기에

아무 말도 못한 시린 역사와 눈물은

잃어버린 그 턱의 시간 속에 다 묻혔버렸다

닫혀진 시간

해병대 제대 후 우울증과 대인기피증이 생긴 아들은

20년째 방에서 안 나오고 있다

부모 가슴이 숯처럼 까맣게 그을려도 그를 끌어낼 힘이

없다

정작 고통을 준 사람은 기억도 않고 잘 살고들 있겠지만

오래도록 마음의 문은 끝내 열리지도 닫히지도 않아서

누군가의 생을 과거에 꽁꽁 묶어두게 하는 가혹한 상처

들이 있다

그 무엇으로도 풀리지 않는 미로 같은 암흑의 시간에

붙박혔으니

아아, 어떤 참회와 용서의 바람이 불어야 저 오랜 빙벽

을 녹일 것인가

폭력의 기억을 봉인하다

자대 배치를 받은 첫날 점심을 먹고 나서 동기 세 명과 함께 신고식 연습을 하면서 계속 맞아야 했다. 목소리가 작아서, 문장이 틀려서, 박자가 안 맞아서 맞고 또 맞고 또 맞았다. 고참은 주먹으로, 발꿈치로, 발로 구타의 진수를 장인(匠人)처럼 보여주었다.

저녁을 먹고 점호를 마친 후 다시 취사장에 끌려가 또 연습을 하면서 밤늦게까지 마늘 찧는 방망이로 머리도 맞고 발바닥도 맞아가면서 목이 찢어져라 소리를 질러가며 계속 살벌한 구타와 맞닥뜨려야 했다.

팔뼈 전체로 몸이 튕겨나갈 정도로 가슴을 치기도 했고, 수도(手刀)로 목을 치기도 했고, 돌려차기로 겨드랑이를 차기도 했다. 마치 신고식 연습을 위해 맞는 것이 아니라 맞기 위해 신고식 연습을 하는 것 같았다. 정녕 소리 조금 더 크게 내는 게 그토록, 그토록 중요했을까.

그렇게 맞은 시간을 다 합치면 족히 일곱 시간은 되었을 것이니 그렇게 연습한 신고식을 받은 경찰 간부 중대장과 소대장은 바보가 아니었을 텐데, 그런 일들이 매일같이 일어난다는 것을 정말 몰랐을까. 알아도 대략 모른척 하지는 않았을까.

그 믿기지 않는 환영 같은 모든 과정을 동영상으로 찍어서 지금 시대에 공개하면 어떻게 될까. 고작 1분밖에 걸리지 않는 신고식을 위해 바쳐진 그 고통의 시간은 우리를 부른 내 조국과 국민들께 무슨 가치가 있었을까.

국가가 공식적으로 허락한 폭력이 상식 아닌 상식이었던 시대가 있었다. 그것을 당연한 듯 견디며 소중한 청춘을 쏟아야 했던 시간들이 있었다.

방범 근무

　의경 기동대는 데모를 막는 게 주요 업무지만 데모가 없는 평화 시에는 낮 4시간, 밤 4시간씩 하루 두 번 방범 근무를 하게 했다.

　졸병 시절 나를 괴롭히던 한 고참은 밤 근무 중에 으슥한 골목길로 끌고 가서 손가락 깍지를 한 상태에서 팔굽혀펴기를 시켰다. 지나는 바람들도 모르는 척 발길을 돌렸으니, 손가락에 잔 돌멩이가 박히는 고통보다 경찰복까지 입고서 길거리에서까지 그 짓을 해야 하는 게 참으로 서글펐다.

　한 고참은 대낮에 큰길가에서 화를 내며 단화로 내 발목 앞부분을 여러 번 걷어찼다. 발목이 아파 부득이 얼마 동안 쩔뚝거리면서 걸어야 했으니 민망함과 창피가 쩔뚝거리면서 따라왔다.

또 어떤 고참은 밤 근무 중 발길 뜸한 곳으로 데리고 가 담배를 피우지 않는 내게 강제로 담배를 피게 했다. 연기를 제대로 안 마셨다며 주먹으로 턱을 치며 겁박했다. 연기도 표정이 삐뚜름했으니 콜록, 콜록 거리며 괴로워하는 나를 보고 웃으며 즐거워했다.

또 어떤 고참은 근무를 마치고 돌아오는 닭장차 안에서 두 손을 펴 무릎에 올린 상태에서 곤봉으로 손가락을 때렸다. 볼펜을 손가락 사이에 끼우고 주리를 틀듯 비틀기도 했다. 너무 아파서 견딜 수 없었지만 그럴수록 입을 더 꽉 물어야 했다. 나중에 보니 손가락이 퉁퉁 부어서 주먹을 쥐면 손이 왕만두처럼 둥글래졌다.

고참들 입에서 나오는 거의 모든 말들은 살벌한 욕으로 시작해 살벌한 욕으로 끝났으므로 주위 공기는 항상 얼음장보다 더 얼어있었다. 갖은 폭력은 계속 대물림 되었으니 더할 수 없는 숨 막힐 듯한 공포와 위험은 항상 가장 가까운 곳에 있었다.

국가는 폭력에 아무런 죄책감도 없는 이런 애들에게 국민 안녕과 치안을 위해 범죄를 막겠다고 경찰복에 커다란 모자에 검정단화에 곤봉까지 멋있게 장착한 채로 하루 8시간씩 꼬박꼬박 방범 근무를 서게 했다. 이 또한 빙산에 일각도 안 되지만 이런 일들에 비하면 정작 방범 근무는 아무것도 힘들지 않았으니, 실로 배보다 배꼽이 1000배나 더 되는 가파른 시간들이었다.

우한의 화장장

우한 폐렴으로 죽어가는 환자가 속출하자

병실이 턱없이 부족하여

아직 숨이 다 끊어지지도 않은 사람도

알게 모르게 포대에 담겨 화장장으로 옮겨졌다

불타는 화장장 안에서 가끔

비명이 쏟아졌던 것은 그 때문이었으나

급하게 조달된 초보 일꾼이 밤중에 이 소리를 듣고서

귀신의 소리인 줄 알고 소스라치게 놀라 기겁을 하고
달아났다

쉴 새 없이 쏟아지던 시체의 행렬에

밤낮 없이 돌아가는 화장장엔 일력이 턱없이 부족했던
터라

'담력이 있는 사람을 구한다'는 공고가 매일 숨 가쁘게
떠서 사람을 찾았다

숨겨야 할 게 많은 매서운 불길에

마지막 비명까지 급하게 불태운 시뿌연 연기가

거대한 시치미처럼 핏빛 하늘에 자욱하게 번져가던

때……

거룩한 신앙을 기록하다
-코로나19 초기의 풍경

코로나19 때문에 온 나라가 공포에 빠져
자가 감금 신세가 되었는데도
일부 대형 교회에서는 '하나님 앞에 감당 못할 일'이라며
여전히 주일 예배를 열겠다고 한다
그 기사에 이런 댓글이 달렸다

일주일 쉬면, 한 달 수입 중 25%가 감소하니까 그런 거지!
영광만 하나님께, 헌금은 목사님께~~

아이고 주여! 어리석은 백성들을 어찌 하오리까!
이들은 당신의 이름을 빌어 돈을 얻고자 하는 것입니다.

그냥 헌금이 아쉽다고 말씀하세요.
하나님이 예배 못 드린다고 벌주시기라도 한다면,

그런 하나님은 저도 이해 못하겠습니다.

신천지와 같은 짓 좀 그만하세요!

(며칠 후 교회에서 확진자가 대량으로 쏟아져 나왔다는 기사에 비난
의 댓글이 쏟아졌으니……)

나는 기사에 달린 인상적인 댓글들을 읽을 때마다

이보다 더 좋은 사초(史草)가 있을까 싶을 때가 있다

역사의 진짜 풍경은 때로

시대의 속살 같은 자잘한 민심의 입담에 더 잘 드러나
기에

두더지붙이쥐가 찾아준 진실

아침에 일어나 기사를 보니

캄보디아에서 활동하고 있는 마가와라는 이름의 두더
지붙이쥐가

지뢰 39개와 미폭발 탄약 28개를 찾아낸 공로로 상을
받았다고 한다

영국 동물보호단체인 PDSA가 수여한 금메달에는

'용맹스럽고 헌신적인 임무를 수행한 동물을 위하여'라
는 문구가 새겨져 있다

지금까지 30마리의 동물이 이 상을 받았는데

마가와는 쥐로서는 처음으로 수상하게 됐다고 한다

탄자니아 태생의 마가와는 몸무게가 1.2kg 정도여서

다른 쥐들보다는 큰 편이지만

지뢰 위로 다녀도 지뢰가 폭발하지 않는다고 한다

마가와는 20분이면 테니스 코트 크기의 지뢰밭을 수색
할 수 있어

사람이 수색하는 것보다 월등히 더 뛰어나다고 한다

쥐에게도 저런 지능과 능력이 있었다니

고작 1년의 훈련으로 저런 일이 가능하다니……

쥐를 싫어하고 무서워하는 나는 기사를 읽다

처음으로 쥐에게 따뜻한 호감과 우의를 느꼈다

지뢰 대부분은 1970년대 캄보디아 내전 당시 매설됐
는데

최대 600만 개의 지뢰가 묻혀 있을 거라고 한다

1979년 이후 뜻하지 않은 지뢰 폭발로

6만 4000명 이상의 사상자가 발생했고

약 2만 5000명이 팔다리 절단 사고를 당했다고 한다

세상 곳곳에는 더 많고 많은 지뢰가 묻혀 있을 것이다

그것이 다람쥐가 땅에 묻어둔 도토리라면 얼마나 좋을
것인가

그들은 지뢰가 아니라 자신들의 업보와 어리석음을 묻
은 것이니

뭇 생명을 키우는 다시없을 지구의 고귀한 살갗에

죽음의 씨앗을 마음대로 정신없이 뿌려대는 것은 쉬
어도

그것을 다시 거두는 것은 그보다 만 배는 더 어려운 일
일 것이다

누가 법을 만들고 있는가

-올라브 하우게의 「그들이 법을 만든다」에 답하여

그들이 국회에 앉아 있다

약자와 억울한 이들을 위해 한번 싸워본 적도 없이 이들이

솔선수범과 멸사봉공으로 시대에 맨 앞줄에 설 줄 모르는 이들이

천 개의 눈과 귀는 고사하고 한 개의 눈과 귀도 제대로 가지지 못한 이들이

파커 파머의 「비통한 자들을 위한 정치학」도 한 번 읽지 않은 그들이

아래로부터의 정치

국회의원 중에 부동산 부자가 왜 그렇게 많은 것일까

그런 부자들이 서민들의 고충을 알며

서민들을 위한 정책을 제대로 만들 수 있을까

그 전에, 그 많은 재산을 모으는 동안

그들이 서민들을 위해 살아온 적이 얼마나 있었을까

그런데 왜 입만 열면 서민과 국민을 위한다고 할까······

가난한 사람들이 정치를 하는 법은 거의 없으니

빈익빈 부익부의 세상이 흔들릴 가능성은 희박하지 않

을까

위로부터의 정치 말고

아래로부터의 정치는 영구히 불가능한 일일까

더 많이 가진 사람이 아니라 더 많이 나눈 사람이

높은 그늘처럼 나눔과 공생이 있는 사회를 만들기 위해

만인의 넓은 길이 될 수는 없는 것일까

뿌리로 내려간 물이 다시 올라 모든 잎과 꽃과 열매를

만드는 것처럼!

미친 기사를 읽다

일본 정부는 후쿠시마(福島) 제1원전 오염수를 바다에 방류하기로 결정했다고 한다. 지진으로 인한 원전 사고 이후 후쿠시마 제1원전에서는 2011년부터 지금까지 원자로 내 냉각수에 빗물과 지하수 등이 유입되면서 하루 160~170톤의 오염수가 발생하고 있으니, 아직 방류되지 않은 저장고에는 이미 121만톤의 오염수가 저장돼 있다고 한다. 결국 시간이 가면 갈수록 저 엄청난 양은 지속적으로 더 늘어날 테니,

가까운 미래에 온 바다에 독극물이 퍼지면 허밍으로 노래하던 돌고래도 죽고 날개 펄럭이는 가오리도 죽고 탄소정화기 같은 크릴새우도 죽고 해저의 음유시인 물미역도 죽어갈 것이다. 그렇게 바다가 죽으면 도미노처럼 육지의 새와 나무들도 서서히 다 죽어갈 것이다. 그리하야 통곡이 사무쳤던 하늘 아래엔 더 이상 원전을 만들 사람도,

방사능 오염수를 방류할 사람도, 그것을 못내 슬퍼하거나 비판할 사람도 전혀 없을 것이다. 그러니 업장소멸 같은 그렇게 다시없을 깨끗한 역사청산과 준엄한 징벌이 어디 있으랴. 생명 가득했던 푸른 별이 그저 오래도록 삭막하고 무색무미한 커다란 돌멩이 하나가 될 것이니!

오래된 직무유기

산재사망률 OECD 1위

스웨덴에 9배, 영국에 14배

근로자가 일하다가 일터에서

하루에 6명씩 사망하는 나라

광복 75년이 지나도록

전태일이 죽은 지 50년이 지나도록

그 많은 정치인들은 무엇을 했단 말인가

정치인들이 열심히 일하다가

그들처럼 아무 죄 없이 일터에서 죽는다면

자신들을 위해 어떤 법안을 만들었을까

그들의 반에 반에 반만 죽었어도

진작 많은 문제들이 해결되었을 것이요

나라엔 다시없을 맑은 훈풍이 불지 않았을까

아득한 이해

상위 10%의 사람이 우리나라 전체 재화의

70% 가까이를 점유하고 있다고 한다

그것은 나머지 90%의 많은 사람들이

30% 내외의 재화를 놓고 경쟁의 쳇바퀴 속에서

일생 피 터지게 살아야 한다는 의미일 터!

때로 통계수치보다 사람들의 가파른 마음과

그 시대상의 진실을 잘 보여주는 거울은 없을 터

그럼에도 부자가 어디서나 영웅시 되고

더 많이 가지지 위해 다들 악을 쓰며 살아가는 세상

물 한 바가지도 어느 한쪽으로 기울지 않는데

저 하늘은 이렇게 기운 세상을 어떻게 굽어보실까

우리 세상의 근원적 불행은 이런 치우침에 있으리니

많이, 더 많이 가지는 것은 성공이 아니라

야만과 불균형의 시발점임을 언제쯤 모든 이가 알게

될까

미래로 가는 한 걸음

신분제가 사라지는데 몇 천년이 걸렸으니
양극화 사회가 사라지는 데는 몇 백년이 걸릴까

양극화 사회를 한탄하는 이들이 많지만
실로 몇 천년이나 걸린 역사의 위대한 진보에
나는 희망의 등을 걸어본다

수천의 강물이 바다로 가서 어우러지듯이
인류는 수직사회에서 수평사회로 조금씩 진화에 왔으니

홀로 쓰러지거나 제외되거나 업악받는 이가 없도록
이웃이란 이름이 모두의 울타리가 되는 길,
그 길을 먼저 간 이들을 바라보며
이제 서로에게로 한 걸음씩만 더 가면 되지 않을까

그 고귀한 한 걸음에 다시 수 세기가 더 걸리지도 모르
지만

　역사의 강물이 낮은 발걸음으로 바다를 향해 계속 흐르
고 있으니

　양극화라는 이기(利己)의 거대한 미몽이

　끝내 사라져버린 신분제의 족쇄처럼

　미개의 산물이 되고 역사의 퇴물이 될 그날까지

　모든 이의 한 걸음에 아낌없는 박수와 찬사를 더하리라

어떤 신앙

절이나 교회에 가서 복 달라고
빌고 비는 사람은 그토록 많고 많은데
꽃씨 뿌리듯 남을 위해서는
작은 복 하나 지을 줄 모르는 사람들,
내가 지은 업연은 한 치도 빗나가지 않을 것인데
따뜻한 밥처럼 자기를 내어주는 법을
끝내 배우지 못한 속이 참 헐거운 사람들!
그들 곁으로 수없이 많은 신의 기도가 지나간다

내가 그은 몇 개의 밑줄
-이재무 시인의 「밑줄을 긋는다」에 답하여

    과로사로 죽어간 젊은 우체부와 택배기사의 살인적인
업무 환경과 한없는 고달픔과 서러움에 밑줄을 긋는다

    마음을 접고 눈치에 눈치에 눈치만 보면서 매일 불안한
미래를 걱정해야 하는 모든 계약직들의 떨리는 가슴에 밑
줄을 긋는다

    취직 못하고 결혼도 못해 부모께 죄송하고 송구해 가슴
찢어지는 수많은 움츠린 청춘들의 절망과 애환에 밑줄을
긋는다

    과도한 경쟁에 내몰려 소고기처럼 등급까지 매겨지며
자존감에 수없이 칼날을 받아야 하는 청소년들의 깊은 한
숨과 상처에 밑줄을 긋는다

교육이 불행의 거대한 공장과 같고 너무나 엉망진창인데도 아무런 고뇌도 비전도 없는 무식하고 무능한 정치인들의 한심한 작태에 밑줄을 긋는다

돈밖에 모르는 수많은 사람들과 어디 가든 수직적 대화와 갑질이 넘쳐나는 사회 기조와 그런 비인간적인 사람들을 양산해낸 기형에 가까운 사회 시스템에 밑줄을 긋는다

독일에서 가장 보수적인 정당이 한국에 오면 가장 진보적인 정당이 된다는 어느 교수의 의미심장한 말에 밑줄을 긋는다

자살률과 저출산률은 세계 1위인데 독서율은 몇 십년째 세계 꼴찌인 이런 씁쓸하고 뭉툭하고 끄끌끄끌한 각종 통계수치들에 밑줄을 긋는다

나는 내가 그은 밑줄로 세상을 읽으며, 우리 세대 혹은 그 다음 세대가 꼭 기억하며 수정해가야 할 내용들이라고 믿는다.

갑질피해증후군

-어느 우울증 상담 이야기

사회적 약자로 살아보니 우리나라는

어디가든 갑질밖에 없더군요

나이 갑질, 지위 갑질, 선배 갑질,

돈 갑질, 주먹 갑질,

기득권 갑질, 약자 코스프레 갑질

어디가든 갑옷 같은 갑질밖에 없어서

이제 정말 사람 만나기가 무서워요

약자가 이런 사회에서 사람을 만난다는 건

곧 갑질을 당한다는 것이나 다름없으니까요

갑은 언제나 옳고 을은 복종하거나 순응해야만 하니

치욕과 모멸의 바구니 속에서

이리 치이고 저리 치여서 내가 지워질 것 같아요

약자들은 끝없이 밀려오는 갑질의 파도에

상처받기 위해 태어난 것일까요

세상이란 출세한 사람들만을 위한 것이고

약자는 그렇게 맷돌처럼 웅크리기만 해야 존재일까요

아니면 우리 사회가 너무 병들어서 그런 것일까요

매달 1100명 가까이가 자살하는 나라에서

그런 일은 당연하듯 견디며 살아가 하는 것일까요

그 숫자에 나를 보탤까 생각한 적도 많았지요

선생님이 책을 추천해주셨지만

해마다 수없이 많은 책이 쏟아져도 세상은 바뀌지 않
는데

책을 읽는 게 도움이 될까요

선거 때마다 정치가 세상을 바꿀 것처럼 얘기하지만

달라지는 건 하나도 없으니 투표하는 게 도움이 될까요

아니면 수단방법을 가리지 않고 타인을 이겨

남 위에 서서 나도 갑질하며 살아갈 수 있는 자리를 얻
는 게 유일한 답일까요

사람들이 다들 깡만 남아서 악순환은 더 반복되는 것
같은데

이럴 수도 저럴 수도 없고 산다는 게 너무 두려워요

어찌 하면 저 눈도 귀도 없는 도미노를 멈추거나 피할
수 있을까요

생계만으로도 폭풍 부는 바다에 조각배 같은 신세인데

반복되는 상처에 맞았던 자리에 다시 매를 맞는 것 같아

갑질에 견딜 수 있는 방패 같은 것이라도 있었으면 좋

겠어요

세상살이

　우울증과 대인공포증 때문에 상담을 받고 있는 내담자가 시 쓰기 치료를 배우며 써본 적 없는 시를 적어 보았다. 규칙은 단지 직유와 은유를 세 번 이상 사용하는 것뿐이었다. 처음엔 재미없어 했지만 몇 달 만에 이런 시를 썼다.

나는 네모난 수족관 속에 사는 작은 게
유리 같은 세상 온갖 벽에 부딪쳤다
더 이상 상처나 고통을 받고 싶지 않아
감정을 억누르며 벽돌처럼 살았다
그 벽돌은 안에서 쌓이는 만큼 바깥도 차단되었으므로
갈수록 내 마음 닿을 곳 없었다
갑각류의 껍질처럼 자신을 위한 보호막이자
깊은 미로도 되고 높은 장벽도 되는 것
나의 울음은 그 벽에 부딪쳐 수없이 깨어지며

사방으로 흩어졌다

나를 구해줄 밧줄이 하늘에서 내려오길 바라며

가고 싶은 곳으로 직진하지 못하고

늘 눈치의 눈동자 굴리며 옆으로만 기어다녔다

노비의 나라 조선

퇴계 이황의 장남에겐 376명의 노비가 있었고, 고산 윤선도에겐 700명의 노비가 있었고, 세조의 책사 한명회에 겐 1000명의 노비가 있었고, 선조의 장남에겐 무려 10000명의 노비가 있었다. 적어도 그들이 추구한 고상한 학문과 정치는 수많은 노비들을 위한 것은 결코 아니었을 것이다.

개국 초부터 나라가 망할 때까지 노비 증식에 힘써서 노비가 전체 인구의 절반 정도까지나 되었던 나라, 그런 나라를 어찌 선비의 나라라고 할 수 있으랴. 같은 핏줄에 같은 언어를 쓰는 동족을 가축처럼 사고팔았던 야만적 폭압이 인명을 끝없이 유린했던 시대에 무슨 인의(仁義)가 있으며 무슨 도덕과 인권이 있었다고 말하랴.

오직 천상천하 양반을 위한 양반의 의한 양반 제일의

정치로 일관했던 시대. 극소수 기득권의 무한 착취만이 유학이란 이름의 견고한 지붕 아래 횡횡했을 뿐 누가 군자와 소인을 나눌 수 있으며 누가 귀인과 천인을 나눌 수 있으랴. 반상의 법도는 하늘이 정한 것이라는 거짓말로 끊임없이 모든 사유를 감금시켰던 나라!

지배자의 논리에 매몰되어, 숨길래야 숨길 수 없는 진실과 실상은 말하지 않고 가식과 위선으로 역사의 껍데기만 가르쳐온 무지의 시간들. 세뇌의 도미노가 전통과 학문으로 불리는 이상한 나라! 그 속에 기득권 갑질의 오랜 전통이 있고, 상하귀천으로 나뉘는 이분법의 오래된 미래가 있으니, 아 우리는 무엇으로 이 부끄러운 죄악의 역사 앞에 참회의 눈물을 쏟을 것인가.

제사

여지껏 남아 있는 가부장제의 최후의 보루
조상귀신을 모셔놓고 구복의 신으로 삼는
유교의 미신이 오래도록 찬란한 유산으로 남긴
견고하기 이를 데 없는 인습과 맹종의 대적광전

이분법은 가짜다
-공자께 드리는 시

당신은 사람을

군자와 소인으로 나누기 좋아하시지만

그것은 매우 위험하고도 어리석은 일입니다

사람뿐 아니라 세상만사 그 어느 것 하나

그렇게 차갑고 단순한 이분법으로

간단히 구분이 되는 게 아니니까요

묵자의 견지에서는 당신 또한

소인배요 이단으로 분류됩니다

허니, 이에 기꺼이 동의할 수 있겠는지요?

오직 내 견해만 옳다고 계속 내세우겠는지요?

조선의 선비들은 서로 당파를 나누어

서인은 동인을, 동인은 서인을

서로 소인배들로 칭하며 끝없이 질시했으니
과연 그들 중 누가 소인이고, 누가 군자입니까?
이것이 당신을 추존한 영향이 아니고 무엇이겠습니까?

동전은 앞면과 뒷면으로
바다는 밀물과 썰물로 서로 연결되어 있듯
천지만상은 늘 둘이면서 하나로 연결되어 있으니,
왼쪽이 없으면 오른쪽도 없듯이
옳고 그름도 그렇고 삶과 죽음도 그렇고
나와 너도 그러합니다

당신은 진리를 우뚝 세운 사람이 아니라
잘못된 진리를 세워 후세를 어리석게 만든 장본인입
니다
그러한 이분법은 서로를 끌어안게 하는 게 아니라
차별의 잣대로 늘 서로를 배척하게 하고 제외시키게 만
듭니다

서로를 가르는 이분법으로는 끝내

너 속에 있는 나, 나 속에 있는 너를 보게 하고

이것이 없으면 저것이 없고, 저것이 없으면 이것이 없음을

알게 하지 못할 것입니다

착한 복종

　고작 일주일에 한 번밖에 없는 대학원 전공강의인데도 강의실까지 내려오기가 싫어 지도교수는 자신의 연구실에서 수업을 했다. 수업 3시간 동안 담배를 얼마나 피워대는지… 매번 하얀 연기 가득한 굴뚝에서 수업을 들어야 했다. 담배냄새 끔찍이 싫어하는 나는 매번 그 곤욕스러운 시간이 빨리 끝나기만을 기다렸다. 책상이 아니라 낮고 조그만 티 테이블과 소파용 의자에 다섯 명이 비좁게 붙어 앉아서 몸 한번 편히 움직이지 못했다. 더더구나 자기 책상에 앉아 있는 교수와 등을 진 곳에 앉은 이는 서로 얼굴 한 번 못 보고 계속 수업을 들어야 했다. 수업 내내 환기되지 않은 시간과 답답한 감정이 연기처럼 뿌옇게 뒤엉켜 있었다.

　그런데 다들 그렇게 불편해 하면서도 파도에 금방 지워져 버리는 게구멍처럼 학기가 다 끝날 때까지 눈빛에 눈치만 보았던가. 책상이 있는 강의실에서 수업을 하자고, 담배 연기 안 맡으면서 수업을 받게 해 달라고, 왜 누구 한 명 아무도 말 한 마디 못 했던가. 어른이나 윗사람에게 복종을 잘 해야 착한 사람이 되는 문화 속에서 복종에 너무 길들여져서인가. 권위의 힘 앞에 비굴하게 주저앉아 하고 싶은 말 한 마디 못하며 굴종해야 잘 살아남을 수 있어서인가.

그 이후에도 수많은 관계가 속마음 숨긴 가면으로 이루어져 왔으니 눈치 구멍을 수시로 들락날락하는 작은 게와 같은 신세를 숱하게 지나온 지금, 세상이라는 생의 바닷가에 수없이 펼쳐져 있는 다른 구멍들을 바라보며 그때를 다시 생각해 본다. 그런 온순함이 무엇을 의미하는지를, 그런 마음으로 무엇을 배울 수 있으며 또 그런 배움으로 세상을 위해 무엇을 할 수 있는지를!

나의 노비문서

대학원에 갓 입학했을 때 선배들이 박사학위를 두고 노비문서라고 말하는 걸 듣고 참으로 의아했었으나 나중에서야 알게 되었다. 눈치를 먹이인 양 먹고사는 아부의 어족 같은 선배들처럼 언제나 할 말이 있어도 게 눈처럼 마음을 감추고, 시키는 것 꼬박 꼬박 해야 하며 온갖 비위 맞춰가며 복종을 밥 먹듯 강요받는다는 것을. 게다가 자칫 눈 밖에 나서 찍히기라도 하면 토끼 잎처럼 비명도 못 지르고 온갖 괴롭힘을 당해야 한다는 것을.

학위 주제도 내가 원하는 대로 할 수 없었으니 완강한 권력 앞에 족쇄가 채워진 듯, 학생이 아니라 무조건 복종만 해야 하는 아랫것이었을 뿐. 자유인이었던 내가 갑자기 정신적 철창에 갇힌 노복이 된 듯 숨이 여러 번 막혀왔다. 어디에 있든 무얼 하든 심리적 구속감에 하루하루 압살당할 것 같았던 순간들.

아래로만 떨어지는 폭포처럼 수직적 대화밖에 모르는, 소통 불가의 독선과 오만과 같은 횡포로 세워진 빙벽 앞에서 '이런 게 교육이고, 이런 게 선생이며, 이런 게 학문일까……' 새처럼 멀리 날려 보내지 못한 한탄을 널리 퍼지는 종소리처럼 벽을 때리듯 말하고 싶었지만 비굴로 굴신하며 노비문서를 받고 구사일생으로 자유의 몸이 될 때까지 나는 바닥을 기는 지렁이처럼 절대권력 앞에 찍 소리 한 번 하지 못했다.

　군대도 아닌데 복종과 일방통행만을 강요하는 고집불통의 통발식 관계 속에 언로(言路)는 늘 막혀 있었으니, 어디에 비판도 하소연도 할 수 없는 신세라서 수없이 출구 없는 슬픔과 분노를 삼켜야 했던 시간들! 대학원이 이런 곳이었다니, 최고 지성의 상징인 박사학위가 노비문서와 다름없다니, 학생을 위해 존재하는 지도교수가 정녕 없느니만 더 못하다니!

　나의 책상 서랍엔 고난의 유산 같은 찬란한 노비문서가 들어있다. 물 밖으로 나온 낙지처럼 허물어졌던 시간이

그 속에 잠겨있다. 그 누구도 책임지지 않는 지성의 야만
과 폭력이 일그러진 자화상이 되었던 시대에서 지금은 얼
마나 멀리 와 있을까. 그간 세월이 많이 흘렀으니 이젠 이
런 울분에 찬 말을 하는 이는 없겠지. 학문의 갑질 권력과
권위에 깡통처럼 찌그러져 제대로 저항 한번 못한 나 같
은 바보 겁쟁이는 없겠지!

　나의 노비문서를 보면서 생각한다. 어디서 무얼 하든
불의에 저항하지 못하는 무력한 지성은 끝내 세상에 아무
도움도 되지 않고 아무것도 바꾸지 못하는 비겁한 백면서
생에 불과할 것이라고……

갑질하는 교수에게

선생을 위해 학생이 있는 게 아니라

학생을 위해 선생이 있는 것이랍니다

이것은 사도(師道)의 기본 중에 기본이기에

학생은 언제나 선생의 반석이자 거울이 되는 법이지요

수평적 대화가 아닌 것은 그저 일방적인 지시나 강요일

뿐이요

지나친 자아도취와 자격지심은 인격의 허방다리일 것

입니다

선생의 자리는 지위에서 만들어지는 게 아니라

제자의 가슴으로 들어간 만큼 만들어지는 것입니다

바둑판에 놓인 돌이 모두 제 집을 잘 짓는 것은 아니듯

그저 자리에 앉았다고 아무나 다 선생이 될 수 있는 것

은 아니니

자신이 자리에 못 미치면 그것은 자리를 욕되게 하는

것이요

자리가 자신보다 넘치면 그것은 자신을 욕되게 하는 것
이랍니다

　　허나 그 무엇보다 자신이 바로 그런 사람임을

　　전혀 자각하지 못하는 것이 가장 큰 과오일 것입니다

어떤 부인들

남편이 교수인 여성을 네 명째 만나보니

정도 차이는 있었지만 확연한 공통점이 느껴졌다

우아한 교양을 표방하지만 그 속엔

어떤 화려한 뿔처럼

또렷이 드러나는 도도함이 있었다

상대를 얕잡아 보듯 쳐다보는 우월의 눈빛과

말을 자주 분질러 먹으며 자기를 내세우는 말투!

교수가 뭐라고 교수 부인들까지 저 모양일까

남편의 높은 사회적 지위는 그 부인들의 마음에까지

자기도취의 우물에 빠져

어떠한 관(冠)을 쓰게 만드는 것일까

부부는 서로 닮아간다는데 그 속에

지성의 빛과 그늘 같은 게 몇 줌이라도 있는 것일까

아니면 고상함의 관이 높아서 생긴

부창부수의 부질없는 부작용 같은 것일까

원만함의 우환

흔히들 원만한 게 좋다고들 하지만 원만하지 않은 세상에서는 원만하지 않는 사람이야말로 빛과 소금과 같다. 세상엔 늘 문제점이 넘쳐나는데, 모난 데 없이 두루 원만하려면 어디서 무얼 하든 자신의 각을 깎으며 속마음을 숨겨야 한다. 진실을 밝히고 쫓겨나는 숱한 사람들을 보라. 힘의 위계가 지배하는 세상이기에 안 그러면 어디서든 제일 먼저 찍히고 제일 먼저 제외된다.

세상엔 언제나 진실과 진심에 비껴서 있는 수많은 사람들이 있다. 두루 원만하려면 휘어지는 자(尺)처럼 보아도 못 본 척, 들어도 못 들은 척, 할 말이 있어도 입을 닫고 살아야 한다. 잘못된 것이나 문제가 있어도 갈등과 비판을 피하고 온순한 토끼처럼 착하게 눈 먼 평화와 친해야 한다.

원만함은 세상을 위해 꼭 필요한 바퀴이지만, 그것은 또한 굴종과 위선을 감추는 동그란 가면이기도 하다. 원만함 뒤에 숨어 있는 마음은 저항의 용기가 없기에, 잘못된 것이 있어도 늘 그림자처럼 비굴함과 함께 산다. 올곧은 반골은 원만함의 최대 적이겠지만 원만함은 문제와 진실을 덮는 무덤일 것이다.

F학점의 정의

시간강사인 그는 독후감과제를 내어주면서

과제 표절하면 무조건 F라고 학생들에게

몇 번이나 강조해 얘기했지만

표절한 학생이 70% 가까이나 되었다

그는 약속대로 모두 F를 주었다

자기 지식도 아닌데 학점은 받아서 무엇 할 것이며

양심을 속여고 남을 속여서

도둑질하는 것을 배우게 할 수는 없는 일!

결석이나 성적으로 F를 받은 학생까지 합치면

한 반에 80% 가까운 학생이 F를 받았다

그 때문에 강의평가는 엉망으로 나왔고

학교에는 찍혀서, 그런저런 영향으로 그는 학교에서 쫓

겨났다

학생들은 너무 공부를 안 하는데, 그래서

졸업장 위해 비싼 등록금 내고 4년을 다녀도

돈과 청춘을 낭비할 뿐 졸업할 땐 실력이 너무 없는데

그들의 미래는 아무도 걱정도 책임도 져주지 않는데

학교는 오로지 등록금 장사로 자기 잇속에만 골몰할 뿐!

그런 대학은 더러워서 버리는 것이라고

쓰레기통에 담겨있으면 나 또한 쓰레기가 되는 거라고

시간강사의 고혈을 빨아먹는 흡혈귀 같은 대학들

비리투성이일 뿐 아니라 무능하기 짝이 없는 대학들

하루빨리 다 망해야 한다고 그래서 완전히 새판을 짜야 한다고

나이 마흔에 학기 중에 강의로 50만원을 벌었던

그는 자위하면서 샌드위치 신세 같았던 강단을 떠나왔다

어떤 부러움

그녀는 실업계 고졸이지만 졸업하자마자

스무 살에 대학교 교직원이 되었고

일찍 결혼해서 단란한 가정도 이루었다

반면 그는 박사 졸업 후 한 달에 100만원도

못 버는 시간강사로 전전하다가

결국 40대에 백수가 되었고 결혼은 꿈도 못 꾸었다

같은 대학에서 함께 근무했었지만 둘의 삶은

귀족과 천민처럼 너무 달랐으니,

끼리끼리 해먹는 끼리의 세상에서

끼리에 끼지 못한 서글픈 그는

밤낮 없이 공부만 하다 청춘을 책상 앞에서 다 보내고서

공정도 공생도 없는 세상에

학력이, 학문이, 노력이 다 무슨 소용인가

한탄하며 그녀를 내내 부러워하였다

민낯이 빛나는 시간

"작가들에 대한 동경 같은 게 있었는데 글 쓰는 사람들 실제로 만나보고 나서 문학하는 사람들에 대한 환상이 완전히 깨어졌어요." 어떤 이가 이렇게 말하는 것을 듣고 뜨끔했다.

소설을 쓰거나 전공한 사람들 몇몇을 만나보고서 실망감이 든 나도 소설이 아무 가치도 없는 게 아닐까, 생각한 적이 있었다. 그들의 인간적 품격이나 정신세계에서 남다른 것을 보지 못했으므로.

글이라는 거울에 자신을 비춰보지 못하는 이는 영혼의 소경일 것이니, 시를 쓰는 사람이라면 그렇지 않은 이들과 조금이라도 다른 게 있어야 하지 않을까. 소설을 쓰는 사람이라면 그렇지 않은 이들보다 어떤 면으로든 나은 게 있어야 하지 않을까. 만일 그렇지 않다면 문학이 가치가 없는 것이거나, 뭔가 다른 심각한 문제가 있는 게 아닐까.

　글은 사람에게서 나왔고 모든 작품은 삶과 인간다움을 위한 것이니 글과 사람이 일치하는 만큼만 그것의 진실이지 않을까. 진짜 미인은 민낯도 예쁘듯이 저런 사람이 쓴 글이라면 한번 읽어보다 싶다, 이런 마음이 들게 하는 수준이 되어야 하는 게 아닐까. 작가는 글로써 세상에 새로운 창(窓)을 열거나 디딤돌 하나를 놓는 사람, 새로운 빛과 소금의 시간을 만들어 내는 사람일 것이니, 마치 그것의 미더운 증거인양 마음의 오지 곳곳에 등대와 이정표를 세우며 세상을 올곧게 걸어가야 할 사람일 터이니……

미투를 위하여

종이 한 장을 찢기는 쉬워도
책 한 권을 찢기는 어렵듯이
모든 강물은 힘없는 작은 물방울이 함성처럼 모여
결코 아무나 쉽게 손 댈 수 없는 도도한 흐름이 된 것
이다

버려진 지푸라기 하나는 아무 힘도 쓸모도 없지만
그것이 모이고 엮이면
누구나 쉽게 신고 걸을 수 있는 소중한 미투리가 된다
이제 더 이상 거친 바닥을 맨발로 걸을 수 없으니
미투는 우리가 다시 엮고 신어야 할 시대의 미투리 같
은 것

미투는 오랫동안 숨겨져 있었던 진실의 촛불이요, 역사
의 이정표다

거역할 수 없는 흐름이 우리 앞에 있으니

진흙 뻘에서 수련이 솟아올라 맑게 피어나듯

미투는 계속 되어야 한다

미투리 없이 맨발로 걸어도 되는 세상이 올 때까지

시의 폭풍은 어디에 잠들어 있는가 🝆

예전에 내 수업을 들었던 학생이 고은의 시집을 다 버렸다고, 시도 더 이상 쓰고 싶지 않다고 말하며 내게 물었다.

여러 기사를 살펴보니 고은은 상습적으로 성추행을 한 정도가 아니라 성추행의 대가시더군요. 게다가 최영미 시인이 말하길 자신에게 성추행이나 성희롱을 한 사람은 고은 외에도 수십 명이나 더 된다고, 그런데 그런 걸 늘 묵인하고 방조하는 분위기였다고, 심지어 성추행을 거부했단 이유로 암묵적으로 제외시키고 보복했다고! 미친 게 아니라면 명색이 문단과 출판·언론계에서 잘나간다는 이들이 한통속이 되어 힘없는 피해 여성을 어떻게 이런 식으로 짓밟을 수가 있나요?

이것만으로도 경악스러운데 이런 일이 공공연히 사람

들이 다 보는 곳에서 숱하게 이루어졌음에도 이를 비판하는 사람 한 명 없었으니, 문단이 무슨 정신 나간 사이코 집단도 아니고 어찌 이렇게나 지각없고 한심한 족속들이 있을 수 있나요? 문인들 글이라는 게 한갓 갑질 갑각류들의 위선의 껍질이요 출세용 가면인가요? 문단이 이상한 괴물들이 모여서 저들만의 몽유병 같은 잔치를 벌리는 소굴이 아니라면, 그 자리에 있었던 가해자와 그 가해자를 묵인하고 방관했던 공범들은 참회의 뜻으로 불알 두 쪽을 떼어내든지 그게 아니라면 시도 쓰지 말고, 평론도 쓰지 말고, 문학기사도 쓰지 말고, 출판도 하지 말아야 하는 것 아닌가요?

나는 이 비분강개의 폭포수 앞에서 잠시 할 말이 생각나지도 않았고, 문단 근처에도 못 가본 무명시인이라 할 말이 있어도 할 말이 없었는데, 그래도 무슨 말이라도 어설프게 몇 마디 해줘 할 것 같아서

네가 아직 많이 안 살아봐서 그런데 크고 작은 괴물들은 세상 어디에나 있단다, 세상의 이면엔 그렇게 추하고

거짓되고 민망한 것들 투성이란다, 정도 차이가 있을 뿐 사람이란 다들 권력과 잇속에 부합하며 적당히들 욕망에 찌들어 사는 속물들이란다, 고상한 척하는 시인들이라고 뭐가 다르겠냐고……, 차마 이렇게 이야기할 수는 없어서 이렇게 말했다.

  새로운 세상의 새벽이 올 때까지 그들의 글과 민낯에 폭설 같은 침을 뱉어보렴. 그런 다음 네가 세상을 쩌렁쩌렁 울리는 대시인이 되어, 천년 대하(大河) 같이 문단을 맑게 이끌어 보렴. 젊었을 때 강직하기는 쉬워도 노년까지 반듯하기는 쉽지 않으니, 인생을 끝까지 좋은 시처럼 잘 살아서 만인에게 존경과 사랑을 받는 시대의 좌표 같은 거목이 되렴. 노벨상도 받아서 모국어를 햇살 스민 프리즘처럼 빛나게 하고, 시의 가치가 어떤 것인지 네가 아름다운 인격과 기품 있는 삶으로 영원을 새긴 판화처럼 잘 보여주렴. 세월이 흘러도 빛이 바래지 않는 높고 맑은 저 별자리처럼, 그 별빛이 고요히 내려않은 깊고 넓은 저 호수처럼!

──겨우 겨우 말을 하고나서도 나는 불알 두 쪽이 계속 민망했다. 이 민망함이 천 배가 되어 그들의 것이 되기를, 아니 만인의 것이 되어 미몽을 깨는 폭풍처럼 잊혀지지 않기를……